이 망할 세계에서 우리는

이 망할 세계에서 우리는

우리는 　김청귤 장편소설

나무옆의자

차례

폐장까지 아직 시간이 꽤 남았는데도 한별 외에는 아무도 없었다. 하늘은 어두웠지만 호수 곳곳을 밝히는 조명들이 이곳을 몽환적이고 아름답게 만들어서 마치 현실에서 벗어난 것처럼 느껴졌다. 바람도 불지 않아 잔잔한 호수의 수면이 거울처럼 세상을 비추고 있었다. 낮은 건물과 울타리처럼 일정 간격을 두고 켜진 조명, 오랫동안 이 자리를 지키고 있었을 나무들이 수면에 선명하면서도 마치 다른 세상처럼 떠올랐다. 수면에 떨어진 마른 나뭇잎이 아니었다면 물속이 아니라 또 다른 세상이 있다고 착각했을 것 같았다.

이 망할 세계에서 우리는

혼자 여행을 할 수 있을까. 걱정이 많았는데 막상 다녀 보니 괜찮았다. 맛있어 보이는 식당에 혼자 들어가 1인분을 주문해 먹고, 개인 카페에 들어가 시그니처 커피와 디저트도 여유롭게 먹었다. 카페에 머무는 동안 깔끔하고 조용해 보이는 숙소도 예약했다. 이 모든 과정들이 앞으로 혼자라도 잘할 수 있을 거라는 용기를 줬다. 다행이었다. 다른 사람들 때문에 자신의 인생과 마음을 망치고 싶지 않았다.

　그럼에도 여행 중간에 때때로 정말 혼자라는 생각이 떠오르는 건 어쩔 수 없었다. 가족, 친구, 동기, 선배들…….마음을 터놓고 위로받을 사람이 없다는 게 서글펐다. 생각하면 생각할수록 스스로에게 문제가 없는지 더듬게 되었다.

　"내가 잘못한 게 정말…… 없을까?"

　다른 사람들은 다 한별을 탓했다. 한별의 편은 어디에도 없는 것 같았다. 한별은 찬찬히 지난 시간을 떠올렸다.

　가고 싶던 대학교에 합격했지만, 부모님은 거세게 반대했다. 여자애 혼자 타지에 보낼 수 없다는 게 이유였다.

아빠는 혼자 자취하다가 애나 배지 않으면 다행이라는, 폭언과도 같은 걱정을 내세우며 한별을 타박했다. 한별이 자신을 믿어보라고 아무리 말해도 여자애가 겁도 없다고 불같이 소리 지르며 분을 참지 못했다. 너무 놀라 몸이 굳어 아빠의 화를 다 받기만 하다가 엄마의 손길에 방으로 떠밀려 가서야 눈물이 차올랐다. 울기 싫어서 애써 참고 있는데 살며시 엄마가 들어와 한별을 달랬다.

"네가 너무 착해서 못된 놈한테 걸릴까 걱정이라 그래. 주위 남자들을 믿을 수가 없어서."

"그렇다고 그게 딸한테 할 소리야? 그냥 나만, 나만 믿어주면 안 되는 거야?"

"우리 한별이 당연히 믿지. 믿는데, 아빠는 네가 걱정돼서 저러는 거야."

다정한 말로 걱정해주면 안 돼? 화가 치솟았지만 금방 꺼졌다. 무슨 말을 해도 부모님이 바뀌지 않으니 체념하는 게 일상이었다. 대학교 관련 일이 아니었으면 화도 못 냈을 터였다. 반항을 해볼까 하는 생각도 해봤지만, 무서웠다. 그나마 아빠에게 말을 걸지 않는 게 한별이 할 수 있는 최대의 반항이었다. 하루가 지났는데도 아빠는 화가 가라앉지 않는지 씩씩거리며 출근을 했다. 퇴근하고 왔는데도 한별의 표정이 좋지 않자 다시 화가 솟아오르는지 며칠째 집 안 분위기를 얼음장처럼 만들었다.

한별이 먼저 숙여서 죄송하다고 사과를 하고, 웃으면서 아빠를 반겨야만 이 분위기가 풀릴 걸 알았다. 그러나 도무지 얼굴이 펴지지 않았다. 고생하고 돌아온 아빠를 웃으면서 반길 수가 없었다. 그건 말해봤자 소용없을 거라며 체념하는 것과는 별개였다.

"우리 딸 얼굴 좀 펴면 안 될까?"

입을 다물고 가만히 있자 엄마가 한숨을 쉬더니 말을 이었다.

"그렇게 그 대학에 가고 싶어? 우리 착한 딸이 이번만 양보하는 게 어때? 엄마는 한별이 없으면 못 살겠는데……."

오빠는 이 지역의 대학교에 진학했는데도 교통편이 불편하다는 이유로 학교 근처에 자취방을 얻어줬으면서. 게다가 이번만 양보해달라니, 지금까지 자신이 한 건 무엇이었을까. 한별은 궁금했지만 입을 열지 않았다. 새로운 분란의 씨앗이 될 게 뻔했다. 결국 한별은 웃음을 잃은 채, 집에서 통학할 수 있으며 장학금을 준다는 대학교에 입학했다.

게다가 대학생이 되면 부모님께 매달 일정한 용돈을 받을 수 있을 줄 알았는데 첫 등록금 외에는 받지 못했다. 오빠에게는 매달 용돈을 주는 걸 뻔히 알고 있었지만, 한별은 군소리 없이 아르바이트를 시작했다. 말을 꺼내는 것 자체에도 에너지가 필요했으니까.

신입생 전원이 참석해야 한다는 신입생 환영회나 엠티에도 갈 수 없었다. 동기들과 선배들에게 찍히는 건 어쩔 수 없는 일이었다. 미안한 마음을 담아 아르바이트를 해야 해서 못 나갔다고 하니, 그럴 거면 취업이나 하지 대학교에 왜 왔냐는 빈정거림을 듣기도 했다.

수업이 끝나고 아르바이트를 하기 위해 헐레벌떡 카페로 뛰어가는 한별과 달리 삼삼오오 모여 식당이나 카페에 가는 동기들이 부럽긴 했다. 동기들도 초반에는 한별에게 같이 놀자고 했으나 아르바이트 때문에 못 간다고 계속 거절을 하니 어느 순간부터 권하지 않았다. 돈을 아낄 수 있어 다행이라 생각했지만 쓸쓸한 건 어쩔 수 없었다. 이런 감정을 오빠는 모를 것이다.

엄마는 한별의 오빠인 한준이 굶을까 반찬을 해서 매
주 갖다 줬다. 한별도 따라간 적이 있는데 쓰레기를 치우
고 빨래를 돌리고 싱크대며 화장실을 청소하는 엄마를 도
와야만 했다. 이럴 거면 왜 자취를 하는 건지 이해가 되지
않았다. 한별은 엄마를 돕고 싶어서 따라갔지만 오빠의
자취방을 치울 때면 슬픔이 치밀어 올라 어느 순간부터
아르바이트를 핑계로 따라가지 않았다. 그래도 어쩔 수
없이 신경이 쓰여 청소하고 돌아온 엄마에게 안마를 해주
곤 했다.

오빠가 군대에서 제대하기 전부터 엄마가 부동산을 들
락거리더니 아빠의 지원을 받아 방을 구했다. 오빠는 깨
끗하게 청소된 집에 몸만 들어갔고, 지금도 편하게 살고
있다. 남자는 밖으로 나돌면서 세상 경험을 많이 해야 해.
오빠와 아빠가 단둘이 술을 마실 때 들린 말이 아직도 잊
히지 않았다.

그래서 더 화가 나고 서글펐다. 피부로 느껴지는, 사랑
과 걱정이라는 이름 아래 벌어지는 차별 앞에서는 방법이
없었다. 엄마는 한별에게 참으라고 했다. 자식이라서 참
고, 딸이라서 참으라 했다. 자라면서 쭉 들어왔던 말이 그

렇기 때문일까. 한별은 정말 순하고 얌전하며 조용하게 중학교, 고등학교 시절을 지나 대학생이 되었다.

한별은 조용하게 학교를 다니고 조용하게 아르바이트를 했다. 조용하게 있었지만 늘 부지런하고 급하게 움직여야 해서 이리저리 바쁘게 다녔다. 그런 한별이 신경 쓰였던 걸까. 한별과 제대로 말을 해본 적은 없었지만, 털털하고 적극적인 1학년 과 대표 도연이 한별에게 다가왔다. 한별은 쭈뼛거리면서도 도연과 함께 다니며 동기와 선배들의 얼굴을 익혔다.

활발하진 않지만 마주치면 꾸벅꾸벅 인사를 잘하는, 조용조용한 한별을 좋아하는 선배들이 있었다. 어떤 선배들은 한별이 특별히 설명하지 않아도 늘 바쁜 한별의 처지를 짐작하거나, 뭐든지 열심히 하는 한별이 예뻐 보였는지 점심을 사주기도 하고, 편의점에서 투플러스원으로 산 커피를 하나 주기도 했다. 번번이 사양하는 한별에게 선배들은 나중에 후배가 들어오면 베풀라고 했고, 그 말에 한별은 몸이 굳었다. 스스로를 건사하기도 벅찬데 누군가에게 베풀 수 있을지 자신이 없었다.

모난 곳 없이 얌전한 모습이 눈에 들어왔던 걸까. 같은 건물에서 수업을 듣는, 돈이 많다고 소문이 난 잘생긴 선배가 한별에게 다가왔다. 선배는 오며 가며 한별을 마주칠 때마다 웃으면서 인사를 하고 커피를 건네줬다. 편의점에서 파는 커피일 때도 있었고 카페에서 막 사와 얼음이 달그락거리는 커피일 때도 있었다. 거절하고 싶었지만 한별과 같이 다니는 도연에게도 나눠줘서 받을 수밖에 없었다.

그러던 어느 날 그 선배가 한별을 따로 불러냈다.

"이제 사귀자."

선배는 커다란 꽃다발까지 내밀었다. 꽃다발을 받아본 게 처음이라 많이 기쁘고 떨렸다. 선배를 이성적으로 좋아하는 건 아니었지만 설렜다. 그러나 학업과 아르바이트와 집안일로 벅차서 누굴 만날 여유가 없다고 솔직하게 말하며 거절할 수밖에 없었다. 선배는 한별이 핑계를 댄다고 생각했는지 한순간 표정이 바뀌었다가 다시 웃었다.

"그동안 꾸준히 표현을 했다고 생각했는데 아니었나? 순수하니까 잘 모를 수 있을 거라 생각하지만, 너무 밀어내기만 하면 곤란해. 생각할 시간을 줄게. 아, 나와 사귀면 힘들게 아르바이트 하지 않아도 돼."

아르바이트를 하지 않아도 된다는 말에 순간 혹한 자신이 싫었다. 한별은 품 안 가득 차는 꽃다발에 얼굴을 묻고 향기를 들이마시며 애써 눈물을 삼켰다. 볼에 닿는 얇은 꽃잎이 보들보들했다. 가까스로 얼굴을 들어 선배에게 꽃다발을 돌려줬다.

"저를 좋아해주셔서 감사합니다. 그렇지만 정말 연애할 상황이 아니라서요. 이만 가보겠습니다."

한별은 정중하게 인사를 하고 자리를 빠져나왔다. 확실하게 거절했다고 생각했는데 선배는 포기하지 않고 다시 커피를 건네주기 시작했다. 전처럼 지나가다 우연히 만난 것처럼 주는 게 아니라 한별의 수업이 끝날 무렵 강의실 앞에서 기다렸다가 건네주니 사람들도 선배가 한별을 좋아하는 걸 다 알게 되었다. 어느새 두 사람은 학교의 가십이 되어 사람들 입에 오르내리고 있었다.

한별은 조용히 학교를 다니고 싶었으나 점점 일이 커지자 압박감을 느끼고 따로 선배를 불렀다. 이러지 않으면 좋겠다고, 그때 확실히 거절하지 않았냐고 말했다. 선배는 열 번 찍어 안 넘어가는 나무가 없다고 생각하는지, 받아주면 깔끔하지 않느냐며 도리어 반문했다.

도연에게 진지하게 이야기를 했으나 다 듣고서 마구 웃더니 이렇게 말했다.

"그거 '날 이렇게 대한 여자는 네가 처음이야!' 아냐?"

"설마……."

"그냥 한번 사귀어봐. 그 선배 돈 진짜 많대. 같은 조가 되면 모임 할 때 밥도 사주고 술도 사줘서 사람들이 같이 조별과제 하고 싶어서 난리라더라."

그게 더 부담이었다. 한별은 선배에게 되돌려줄 게 없었다. 데이트 시간을 내는 것도 빠듯해 학교에서 오며 가며 만날 수밖에 없을 텐데, 학교에서는 공부와 과제를 끝내야만 했다. 아르바이트를 하지 않아도 된다고? 몇 백만 원이나 되는 등록금도 내줄 생각이란 말일까? 교통비, 식비, 교재비도 다 내줄 건가? 언제까지? 무엇보다도 한별 스스로가 그런 걸 원하지 않았다. 아빠의 눈치를 봤던 것처럼 선배의 눈치를 보겠지. 끝이 좋지 않을 게 분명한, 마음이 불편한 연애는 하고 싶지 않았다.

무엇보다 제일 중요한 건 선배를 좋아하는 마음이 전혀 없었다. 선배가 그걸 고려하지 않는다는 게 웃겨서 아무 말도 하지 않았으나, 세 번째로 거절을 할 때는 확실하게 말했다. 선배는 한별이 상황이 여의치 않다거나 돈이 없어서가 아니라 본인을 좋아하지 않아서 거절한다는 사실을 믿을 수 없는 것 같았다. 조금 더 노력하겠다는 말을 하더니, 이제는 한별이 조별과제를 위한 모임을 할 때 음료를 사주거나 카페에서 회의를 하고 있으면 케이크나 샌드위치 같은 간식을 모두에게 돌렸다.

같은 조 학생들은 가만히 있어도 먹을 게 떨어지니 좋아했다. 한별과 선배를 이어주기 위해 선배의 칭찬을 늘어놓기도 했다. 한별이 선배에게 이러지 않아도 된다고 하면, 선배는 후배들을 위해 사는 것뿐이라며 웃었다. 되지도 않는 말이었지만 대답하기 마땅치 않아 선배가 사준 것들에 손을 대지 않은 채 침묵할 수밖에 없었다.

침묵할 게 아니라 더 강경하고 명확하게 거절을 해야 했을까. 정신 차려보니 교내에 선배가 한별을 좋아한다는 소문이 쫙 퍼진 상태였다. 사람들은 오며 가며 한별을 볼 때마다 음흉한 눈빛으로 웃거나, 은근히 선배의 칭찬을 늘어놨다. 그건 교수님도 마찬가지였다. 좋을 때라며 허허 웃는 얼굴이 보기 싫었다. 한별의 거절이 거절로 받아들여지지 않는 게 당혹스러웠다. 단순한 부끄러움 혹은 갓 대학에 입학한 신입생이 캠퍼스 커플에 대한 부정적 이야기를 듣고 겁을 먹은 것처럼 비치는 게 너무 싫었다.

문제는 이뿐만이 아니었다. 시간이 지날수록 선배를 받아주지 않는 한별을 튕긴다고 생각하거나 이상하게 보는 시선이 늘어났다. 쥐뿔도 가진 게 없는 한별이 뭐가 잘났다고 저러는지 모르겠다는 말을 화장실에서 듣고 멍해졌다.

한별은 망설이다가 도연에게 속내를 털어놓았다. 자신보다 활발하고 서글서글한 도연이라면 어떻게 해야 좋을지 알 것 같았다.

"하……. 그냥 사귀면 되잖아. 뭐 어때?"

"집도 엄하고……."

"야, 통금만 지켜달라고 하고 낮에 물고 빨고 다 하면 되지."

"무엇보다 내가 선배님한테 마음이 없는걸."

"그냥 가볍게 만나. 아니면 잘생기고 성격 좋고 돈 많은 사람이 너한테 매달리는 모습을 보면 속이 시원해서 그래? 그렇게 잘난 사람이 너한테 매달리는 거 보니까 우월감이라도 느껴?"

우월감을 느낀 적은 단 한 번도 없었다. 오히려 피곤하기만 했다. 그렇게 좋으면 자기들이 사귀면 되지 왜 마음에 없다는데도 자꾸 이어주려고 하는 걸까. 좋아하지 않는 사람과의 연애를 하고 싶지 않다는 게 이상한 말일까. 도연은 인상을 쓰며 날카롭게 말하다 아차 싶었는지, 만나다 보면 여자가 더 남자를 좋아하게 된다고 말했다. 선배에게 어떠한 대가를 받고 한별의 마음을 돌리려고 하는 게 아닐까 생각이 들 정도였다. 선배가 도연에게 무언가 건네주는 장면을 스쳐가며 본 적이 있다고, 도연을 괜히 의심하는 것 같아 미안했다. 자신의 마음만 돌리면 모두가 다 편해질 것 같았지만, 선배가 좋아질 것 같지 않았다. 끈질기게 구는 통에 선배에게 인간적으로 가지고 있던 호감도 다 바닥난 판이었다.

　　사귄다고 하더라도, 학과 사람들이 다 그 사실을 알고 있는데 관심이 사그라질까? 두 사람 사이에 있던 일을 궁금해하지 않을까? 지금도 눈만 마주치면 물어보고 싶어 입술이 간지러워 보이는 사람들과, 네까짓 게 뭔데 거절하느냐는 식으로 흘겨보는 사람들이 너무 많았다.

　　한별은 조용히 선배를 불렀다. 드디어 한별이 자신을

받아주기 위해 부른다고 생각했을까. 선배의 얼굴에는 환한 웃음이 가득했다. 그 웃음을 보고 마음이 약해졌지만, 아닌 건 아닌 거였다.

"전 선배님을 좋아하지 않아요. 앞으로도 좋아질 것 같지 않고요. 그러니까 그만해주세요."

"내가 다 맞춰줄게. 네가 나를 좋아하게 만들 자신 있어. 네가 일하는 카페에도 데려다주고 일 끝나면 집까지 데려다줄게. 버스 타는 것보다 차로 가는 게 편하잖아."

선배는 누가 봐도 근사하고 잘생겼다. 화가 나도 얼굴 보면 금세 풀리겠다고 소곤거리던 사람들도 있었다. 그렇지만 그건 좋아할 때의 얘기잖아. 한별은 선배에게 마음한 톨도 주고 싶지 않았다. 어쩌면 거절을 받아들이지 않는 선배에 대한 오기일 수도 있었다. 한별은 자신을 좋아한다면서 한별에 대한 배려 없이 본인이 좋을 대로 행동하는 선배를 바라봤다. 한별은 대부분 조용히 입꼬리를 올리고 있거나 웃을 때도 입을 가리고 수줍게 웃었지만, 이때만큼은 입술을 일자로 굳게 다물었다.

"죄송합니다."

한별은 정중하게 고개를 숙이며 사과한 후 뒤도 돌아보

지 않은 채 자리를 떴다.

　이날부터 한별은 쌍년이 되었다.

　선배에게 받은 것도 없고, 먼저 다가간 적도 없는데 쌍
년이자 꽃뱀이 되었다. 선배가 워낙 다른 사람들에게 잘
해서, 선배에게 밥이나 커피를 얻어먹거나 도움을 받은
사람들이 열정적으로 선배의 편을 들었다. 조원들도 "그
러고 보니……." 하며 있지도 않은 일을, 본인이 생각한
대로 각색해서 말하고 다녔다.

　흘러가는 분위기가 그렇게 되자, 데면데면했지만 그래
도 같이 다니던 동기들이 슬금슬금 멀어졌다. 수업이 끝
나면 한별에게 아는 척도 하지 않은 채 뿔뿔이 흩어졌다.
밥을 같이 먹는 일도, 따로 연락이 오는 일도 없었다. 제
일 친하게 지내던 도연마저도 한별을 어색하게 외면했지
만, 마음을 쓰지 않으려고 노력했다.

　그러나 이제 겨우 스무 살인 한별이 모든 걸 참아내기
엔 역부족이었다. 종강하면 좀 나아질 거라 믿으며 시간
이 흐르기를 기다리는 게 유일한 방법이었다.

　그동안 별별 말을 들었다. 비싼 선물을 받으려고 튕기

다가 결국 본인이 튕겨 나갔다, 선배와 다른 남자 중에서 저울질을 하다가 둘 다 놓쳤다, 카페에서 일할 때도 남자 손님이 오면 그렇게 꼬리를 친다……. 하다못해 자기 혼자서만 바쁜 척 이리저리 빨빨거리고 다니는 게 재수 없다는 말까지 들었다.

근거 없는 소문이 퍼지는 걸 뒤늦게나마 바로잡으려 했으나 손쓸 방법이 없었다. 그나마 사람들이 한별에게 말을 붙이기 시작한 건 아이러니하게도 도연이 한별의 사정을 퍼뜨리고 다녀서였다.

한별이는 정말 사귈 여력이 없어서 그럴 거예요. 부모님이 한별이에게 등록금이나 생활비를 지원 못 한다고 했거든요. 집안 사정이 좀 그런가 봐요. 걔가 장학금 안 받으면 학교도 못 다닌댔어요. 부모님이 다음 등록금을 해줄지도 걱정된대요. 그런데 선배를 어떻게 만나겠어요. 아무리 한별이가 좋다고 해도, 선배랑 좀 어울리는 사람을 만나는 게 한별이에게도 선배에게도 좋지 않을까요? 걔도 선배를 거절하는 게 쉽지는 않았을 거예요. 그러니까 한별이 너무 미워하지 마세요.

도연이 사람들에게 한별을 두둔하는 척 이런 식으로 말

했다는 걸, 선배를 좋아한다는 다른 사람이 전해주었다. 그 사람은 어떻게 남의 사정을 함부로 말하고 다니느냐며 도연의 욕을 했지만, 한별의 눈에는 도연이나 그 사람이나 별다를 게 없었다. 한별이 가만히 앉아 듣고만 있자 김이 빠졌는지, 아무튼 그랬다고 황급히 마무리하며 자리를 떴다.

이제 한별의 마음은 너덜너덜해졌다. 그동안은 어떻게 하면 오해를 풀 수 있을지, 풀 방법이 있기는 할지, 교수님께 상담해야 할지, 혹시라도 교수님도 소문만 듣고 자신을 오해하고 있으면 어떻게 해야 할지, 머리가 터질 것 같고 밤에는 잠도 오지 않았었다. 그러나 한별이 대학교에 입학하고 가장 친한 친구라고 생각한 도연에게 털어놓았던 고민들이 민들레 홀씨처럼 학과 내에 훌훌 날아다닌다는 걸 알았을 때, 한별은 베개에 머리를 대자마자 잠들었다. 거대한 미움과 걱정과 체념은 꿈조차 꾸지 않는 깊은 잠을 자게 했다.

선배는 한별 보란 듯이 도연에게 잘해줬다. 수업이 끝나면 도연과 함께 차를 끌고 어딘가로 사라졌고, 비싸 보이는 액세서리나 꽃다발을 교내에서 공개적으로 도연에게 선물했다. 몇 번 우연히 눈이 마주친 적도 있었다. 도연은 눈썹을 한껏 내리며 미안한 표정을 지었고, 선배는 얼굴이 딱딱하게 굳었다. 한별은 눈이 마주치건 말건 아무 생각 없이 지나쳤다.

이제는 지나간 일이라 생각했는데 여전히 사람들은 한별과 도연, 선배를 주제로 수군거렸다. 평소에 한별이 늘 미소 짓고 있어서 그런지 몰라도, 지쳐서 무표정하게 있으면 드디어 본색을 드러낸다고 욕을 하는 사람도 있었다. 저 사람도 나를 욕하고 있을까. 그렇게 의심하는 것보다 어차피 욕할 것이라 생각하는 게 속이 편했다. 더는 다른 사람들과 엮이고 싶지 않았다.

한별이 어떤 처지인지 눈치 챈 여자 교수님이 가끔 한별을 따로 불러 점심도 같이 먹고, 공강 시간에 타이핑 아르바이트를 부탁하기도 했다. 그러자 이제는 교수님께 벌써부터 아부한다는 말이 돌았다. 남자 교수님이 아니라 다행이라 생각해야 하는 걸까. 정말 지긋지긋했다.

집에서도 학교에서도 마음 편한 곳이 없었다. 어떤 선배가 고백했다고 부모님께 말하면 여자애가 헤프다고 할까 봐, 그러다 선배의 스펙을 들으면 빨리 결혼하라고 할 것 같아 말하지 않았다. 고백을 거절한 후에 벌어진 일들도 당연히 말할 수 없었다. 말하면 네가 뭐가 그렇게 잘났냐며 지금이라도 당장 그 선배에게 가서 매달리라고 할 것 같았기 때문이었다.

도연에게만 했던 말이 퍼지는 걸 보니 누구에게도 속내를 털어놓을 수가 없었다. 어차피 털어놓을 사람도 없었지만 말이다. 온라인에 익명으로 털어놓는 것도 무서웠다. 익명의 정체가 한별이라는 걸 찾아내서 비난하고 비웃을 것 같았다.

결국 혼자서 몇 번이고 생각하고 곱씹을 수밖에 없었다. 내가 무엇을 잘못했을까? 거절을 조금 더 부드럽게 해야 했나? 아니면 처음에 아주 단호하게 거절해야 했나? 커피를 받지 말았어야 했나? 선배의 마음을 받아주었으면 이런 일이 없었겠지? 좋아하는 마음이 생기지 않을 거라고 단정 짓지 말걸 그랬나? 다른 사람의 말과 행동을 바꿀 수는 없으니 한별은 계속 자신을 되돌아봤다.

그러면서도 최대한 티를 내지 않으려 노력하긴 했지만, 분명 안색이나 표정이 평소와 다를 텐데 한 번도 물어보지 않는 부모님이 원망스러웠다. 정말 나는 아무것도 아니었구나. 오빠를 수발들 사람이 필요해서 낳은 거구나. 컨디션이 좋지 않아서 그런지 생각들이 자꾸만 나락으로 떨어지는 것 같았다. 스스로를 건사하는 것만으로도 벅찬 날들이 이어지던 중이었다.

엄마와 단둘이 저녁을 먹기 위해 식탁에 앉았다. 단둘이었는데도 고기를 잔뜩 넣은 매콤한 제육볶음에 다진 야채가 들어간 계란찜까지 올라와 있어 내심 놀란 참이었다. 눈치를 보는데 엄마가 얼른 먹으라며 앞 접시에 제육볶음을 크게 한 숟갈 떠줬다. 한별이 우울해하던 사이 집에 좋은 일이 있는 걸까? 조용히 먹고 있는데 엄마가 조심스럽게 말을 걸었다.

"한별아, 미안한데……. 그동안 모아둔 돈 있지? 네 오빠가 사고를 좀 쳤나 봐. 급하게 돈이 필요해서 그런데, 엄마한테 빌려줘. 이자까지 쳐서 갚을게."

"사고? 오빠가 또 술 먹고 사고 쳤어?"

"아니 뭐……. 친구랑 사소한 의견 차이가 있었나 봐. 술 먹고 욱해서 그렇지, 한준이도 반성하고 있어."

그놈의 술이 문제였다. 오빠가 이러는 게 처음이 아니라서 더 한숨이 나왔다. 따로 살게 되고부터 드러누운 채물, 밥, 과일을 달라는 꼴을 보지 않게 된 건 좋았지만 혼자 살면서 술을 전보다 자주 마시게 되니 더 많은 문제가 생기는 것 같았다.

　"얼마 있어? 이백만 원 정도는 있지?"

　"엄마, 나 돈 없어."

　"그러지 말고. 엄마가 진짜 갚을 거야. 은행보다 이자도 더 쳐서 줄게."

　"진짜 없어. 교통비에 식비에 교재 사는 데 다 썼어."

　"너같이 알뜰한 애가 그 돈을 다 썼다고? 대학생 됐다고 흥청망청 논 거 아니고?"

　"내가 어떻게 놀아? 놀 시간이 있는 줄 알아? 엄마야말로 오빠 문제 해결해주려고 하지 마. 그러니까 계속 사고 치는 거잖아. 오빠가 알아서 하라 그래."

　엄마는 한별의 반응을 보고 얼굴색이 변했다. 돈 달라고 하면 바로 알았다고 할 것 같았나. 엄마의 표정을 보자 마음이 아팠다. 엄마에게 한별은 어떤 존재일까. 한별은 엄마가 늘 했던 말을 떠올렸다. 조용히, 평화롭게 지내자.

그 평화는 누구의 희생으로 유지되고 있는 걸까.

엄마는 한별을 이 집안에서 유일하게 자신을 이해해줄 수 있는 사람으로 여겼다. 한별은 가끔 숨이 막혔지만, 엄마에게는 자신뿐이었기에 모든 걸 가만히 듣고 받아줬다. 엄마의 어깨에 걸린 짐만으로도 충분히 무거울 걸 알기에 한별이 엄마에게 무언가를 털어놓는 일은 적었지만, 그래도 한별 또한 엄마를 이 집안의 유일한 숨구멍으로 생각하긴 했다. 그러나 엄마에게 한별은 자신을 이해해주는 사람일지언정 애정의 대상은 아니었다. 그것을 피부로 생생하게 느낄 때마다 마음이 무너져 내렸었다. 시간이 흐르면서 무덤덤해진 게 다행이었다.

"안 되겠다. 지금부터 알바비 받으면 엄마 줘. 엄마가 대신 관리해줄게."

엄마는 자신이 하는 말이 정말 선의로 하는 걱정이라고 생각하는 걸까. 엄마의 얼굴을 찬찬히 살펴봐도 알 수 없었다. 뭐가 됐든, 한별은 그렇게 하고 싶지 않았다. 힘들게 번 돈이 오빠의 합의금으로 쓰인다는 게 너무 싫었다. 나중에 한별이 준 돈이 되돌아올지도 믿을 수 없었다.

"괜찮아. 내가 알아서 할게."

엄마의 눈동자가 충격으로 커졌다. 마치 배신 당했다는 반응이라, 오히려 마음을 다잡을 수 있었다. 엄마는 한별이 번복하길 기다리는 것 같았으나 한별은 아무 말도 하지 않고 밥을 계속 먹었다. 엄마는 그런 한별을 보고 젓가락을 내려놨다. 탁 소리가 들릴 때 심장이 철렁했으나 티내지 않고 반찬을 집어 먹었다.

"자식 키워봤자 소용없네. 그래, 너 알아서 해."

그 뒤로 집안 분위기가 또다시 냉랭해졌다. 한별이 아르바이트를 갔다 와서 뭘 먹으려고 하면 네 돈으로 사서 해 먹으라고 하고, 공부하다가 통금 시간에 아슬아슬하게 돌아오면 부모님 집에 살면서 아빠 말도 안 듣고 뭐 하는 거냐고 화를 냈다. 한별이 숙이고 돈을 주면 엄마의 감정이 한풀 누그러질 것이고, 안마를 해주면서 사과를 하면 완전히 풀리겠지. 그러면 엄마는 너무 힘들어서 그랬다고 하소연을 하고, 그걸 열심히 들으면 다시 평소처럼 흘러가겠지. 그러나 그러고 싶지 않았다.

성인이 되었다고 뭔가가 달라진 걸까? 늘 참아왔던 일인데 왜 더는 견딜 수가 없는 걸까. 이유가 뭔지 아무리 생각해도 알 수 없었다.

첫 학기 마지막 시험이 끝난 날, 한별은 엄마에게 여행 다녀온다는 문자만 남기고 집을 떠났다. 교통비와 숙박비, 식비……. 돈 걱정 때문에 집과 거리가 있는 찜질방을 찾아 그곳에서 잘까 했다가, 기차표를 예매해 진짜 여행을 떠나기로 했다. 집에 돌아가면 머리카락이 잘릴 수도 있고, 모든 짐과 함께 내쫓길 수도 있었지만, 지금 당장 중요한 건 그런 게 아니었다. 멀리, 아주 멀리 가서 아무도 자신을 모르는 곳에서 편하게 쉬고 싶었다.

그런데 왜 자신은 멍하니 물만 바라보며 눈물만 뚝뚝 흘리고 있는 걸까.

"내가 뭘 잘못했을까……."

그때였다. 물속에서 푸른색이 선명하게 너울거리는 게 보였다. 그게 너무 예뻐서 손으로 만져보고 싶었다. 저걸 잡는다면 행복해질 것 같았다. 한별은 홀린 듯이 물에 뛰어들었다가 차가운 온도 때문에 정신이 번쩍 들었다. 뭍으로 나가려고 발버둥을 쳤지만 문득 왜 그래야 하는지 이유를 찾을 수 없어서 움직임을 멈췄다. 게다가 어디가 위고 어디가 아래인지도 알 수 없었다. 위라고 생각한 곳을 바라봐도 보름달이 떠 있었고, 아래라고 생각한 곳을 바라봐도 보름달이 있었다. 그러다가 몸이 점점 무거워지며 천천히 가라앉았다. 이렇게 죽는 걸까? 부모님이, 오빠가, 학교 사람들이, 후회할까? 이제 상관없었다. 푹 쉬는 일만 남았으니까…….

죽음이 이렇게 평온한 것일까 생각했다. 괴롭지도 않았고, 몸이 무겁지도 않았다. 평소의 컨디션과 큰 차이가 없어 신기했다. 이제 어떻게 되는 걸까. 천사나 저승사자가 데리러 올 때까지 기다리면 되는 걸까. 그때까지의 짧은 휴식을 누리기 위해 가만히 있었지만, 한참이 지나도 여전히 생각할 수 있다는 걸 깨달았다. 그 사실을 의식하고 보니 숨도 계속 쉬고 있었다. 그걸 깨닫자마자 눈이 번쩍 떠졌다.

"여기가 어디지?"

천천히 일어나서 주위를 둘러보자 한별이 사는 집 근처의 풍경이 펼쳐져 있었다. 그러나 그 풍경은 익숙하면서도 어딘지 낯설었다. 한별이 고등학생 때 다녔던 스터디 카페와 대학생이 되어 일했던 카페, 그리고 편의점이 일

렬로 나란히 있었고, 아파트 단지 상가에 있던 작은 슈퍼가 그 맞은편에 있었다. 게다가 풍경의 일부분이 뿌옇고 흐릿했다. 마치 비 오는 날 창밖을 바라보는 것 같았다. 누군가에게 여기가 어디냐고, 이게 무슨 일이냐고 물어보고 싶었지만 돌아다니는 사람도 없었다.

숨을 쉬고 있으니 죽은 게 아니라는 건 알겠는데, 살아 있는 것도 아닌 것 같았다. 아예 낯선 곳이었다면 얼떨떨할 것 같은데, 익숙한 동시에 낯선 기분이 드니 두려움이 왈칵 밀려왔다. 어디로 가야 하는 걸까. 빙글빙글 돌며 방향을 잡으려 해도 그럴 수 없었다. 한참이 지난 것 같은데도 태양의 위치가 그대로였다. 이렇게 있을 수만은 없어서 가장 익숙한 장소인 집으로 가기로 했다.

도망쳤던 곳을 향해 발걸음을 옮기는데 희뿌연 세상 속에서 또렷한 누군가가 이쪽으로 걸어왔다. 푸른색 옷을 입고 있는 사람이었다. 그 푸른색이 왠지 모르게 익숙해서 걸음을 멈추고 빤히 바라보게 되었다. 저 멀리 있는 것 같았는데 어느새 얼굴이 보일 정도로 가까워졌다. 한 발 한 발 디딜 때마다 푸른색 한복 치마가 너울거려서 물 위를 살랑살랑 걷는 듯했고, 나비처럼 팔랑팔랑 나는 것 같기도 했다.

알 수 없는 세상에서 한복을 입고 선명하게 보이는 유일한 존재라니, 누가 봐도 특별한 사람이었다. 어느새 한별 바로 앞까지 다가온 여자는 아무 말도 하지 않은 채 한별을 빤히 바라봤다. 영혼까지 모조리 꿰뚫어볼 것 같은 시선이었다. 한별은 입술만 달싹거리다가 용기를 끌어 모아 입을 열었다.

"안녕하세요. 여기가 어딘지 아세요?"

인사를 건네자 여자가 이상하다는 듯 고개를 갸웃하더니 한별을 다시 찬찬히 살펴봤다. 꽁꽁 감춰둔 마음까지 샅샅이 보는 듯했지만, 거부감은 들지 않았다. 오히려 여자가 자신을 어떻게 생각할까 걱정되었다.

"내가 보이는가?"

"네……. 잘 보이는데요……."

여자가 그 말을 듣고 얼굴을 내밀었다. 가까워질수록 여자의 맑고 빛나는 눈동자가 선명하게 보였다. 역시 나는 죽은 거고 이분은 저승사자인가? 그런 생각에 눈만 깜빡거리고 있는데 여자가 입을 열었다.

"너는…… 너로구나."

"네?"

"따라오거라."

한별은 망설이다가 점점 멀어지는 여자의 뒤를 따라갔다. 이상한 곳으로 가는 게 아닐까 싶었는데, 도착한 곳은 한별이 힘들 때마다 도망치곤 하던 카페였다. 따뜻한 아메리카노가 천 원이라서, 염치없지만 아메리카노만 주문해 몇 시간이고 앉아 마음을 다독였던 곳이었다. 그러나 지금은 디저트를 서비스로 주던 다정한 사장님도 없고 손님도 없었다.

한별은 여자와 단둘이 마주 보고 앉았다. 여자가 손을 휘두르자 테이블 위에 따뜻한 아메리카노가 나타났다. 깜짝 놀라자 여자가 커피를 마시라며 손짓을 했다. 두 손으로 커피 잔을 잡자 따뜻함이 느껴졌고, 한 모금 마시자 자주 먹던 커피 맛이 느껴졌다. 따뜻한 게 들어가자, 당황해서 서늘했던 속이 천천히 풀리고 긴장으로 굳어 있던 어깨가 사르르 내려앉았다.

여자는 한별이 좀 편안해진 걸 보고 테이블을 톡 두드려 아이스 카페라테와 조각으로 된 초코케이크 두 접시를 만들었다. 냉동 제품이 아니라 파티셰가 정성스럽게 만든 것처럼 예쁘고 맛있어 보이는 케이크였다. 여자는 한별에게 장식 없이 깔끔한 초코케이크를 한 접시 내밀고는 보기만 해도 달아서 혀가 아릴 것 같은 자기 몫의 초코케이크를 먹기 시작했다.

한별은 눈치를 보다가 여자를 따라 포크로 케이크를 잘라 입에 넣었다. 단 걸 좋아하는 편은 아니었지만, 살아생전에 먹었던 모든 케이크를 통틀어 제일 맛있었다. 너무 맛있어서 조금씩 먹는데도 줄어드는 케이크가 아까웠다. 한별은 천천히 케이크와 아메리카노를 음미했다.

커피를 다 마시고 케이크 접시를 비울 때까지 아무 말도 오가지 않았지만, 불편하거나 부담스럽지 않았다. 한별은 여자가 저승사자라고 짐작했다. 저승으로 떠나기 전에 맛있는 걸 먹여주는 게 틀림없었다.

텅 빈 접시를 보는데 문득 끝이라는 게 실감이 나서 눈물이 고였다.

"저…… 죽은 건가요?"

눈꺼풀을 깜빡거리자 눈물 한 방울이 떨어졌다. 한별은 아무렇지 않은 척 손등으로 눈물을 닦고 여자를 바라봤다. 여자는 무표정한 얼굴로 한별을 보다가 딸기생크림케이크를 만들어 내밀었다. 자신이 울어도 웃어도 같은 표정을 지을 것 같은 여자인데도 왠지 안심이 되었다. 우는 사람을 위로하기 위해 이렇게 맛있는 케이크를 주는 사람이 나쁜 사람일 것 같지 않았다.

"감사합니다……."

한별이 케이크를 먹고 있으니 이번에는 아이스 아메리카노가 나타났다. 여자는 한별이 잘 먹는 걸 눈으로 확인하겠다는 듯 시선을 떼지 않았다. 처음에는 너무 맛있어서 정신없이 먹느라 느끼지 못했는데, 저렇게 계속 자신을 바라보고 있었던 것 같았다. 혹시 잘 먹여서 어디에 팔거나 일을 시키려고 그러는 걸까? 익숙하지만 이상한 장소에서 시선을 절로 빼앗기는 아름다운 사람이 있다는 사실이 갑자기 낯설게 느껴져서 목구멍이 좁아지는 것 같았다. 천천히 포크를 내려놓자 여자는 한별이 다른 케이크를 먹고 싶어 하기라도 한 듯 고구마케이크를 만들어냈다. 한별은 그 접시를 내려 보다가 입을 열었다.

"저는 이제 어떻게 되는 거예요? 여기는 어디죠?"

"여기는 물속 세상이다. 죽은 것도 산 것도 아닌 존재들이 모여 있는 곳이지."

이상하다고 생각하긴 했지만 말로 들으니 조금 무서워졌다. 한별은 놀란 가슴을 진정시키기 위해 숨을 천천히 들이마시고 내쉬었다. 여자는 한별이 진정할 때까지 기다렸다가 대답했다.

"그래. 이곳이 혼란해진 이후로 보통은 기억을 잃고 자신이 원하는 존재가 되어 바라는 삶을 반복하는데…….너는 기억을 잃지 않았어. 내 말이 틀렸는가?"

"맞아요. 저는 다 기억해요. 기억하고 싶지 않은 것마저요…….."

"물속으로 떨어지는 사람 중에 아주 드물게 너처럼 기억을 잃지 않는 사람이 있지. 그런 사람만이 나를 도울 수 있다. 물속 세상에 온 이방인 이한별, 나, 해원을 도와주겠는가?"

나에게 잘해준 이유가 있었구나. 한별은 해원을 찬찬히 살펴보았다. 머리를 다쳐 상상을 현실로 착각하고 있다거나, 악마의 속삭임으로 의심하는 건 아니었다. 그렇게 의심하기에 해원의 존재감은 무척이나 뚜렷했고 탁 트인 바다를 볼 때 느껴지는 경이로움과 장엄함마저 느껴졌다.

그러나 한별이 해원을 돕는 건 다른 이야기였다. 죽은

것도 산 것도 아닌 존재들이 모여 있는 곳이라는 건 한별이 아는 그 누구도 이곳에는 없다는 뜻이기도 했다. 사람들에게서 도망쳐 온 한별에게 알맞은 장소였다. 걷고 싶을 때 걷고 눕고 싶을 때 누워서 쉬고 싶었다.

"죄송합니다. 저는 못 할 것 같아요."

거절할 줄 몰랐다는 듯 해원의 눈동자가 커졌다.

"이대로 가면 정말 죽는다고 해도?"

대답 없이 살며시 웃는 한별이 무슨 말을 할지 짐작한 걸까. 해원이 자리에서 벌떡 일어났다. 해원이 움직이자 카페가 순식간에 어둠으로 휩싸였다.

아래를 보니 물이었다. 물에 빠졌던 기억 때문에 팔을 허우적거리며 패닉에 빠지자 해원은 한별이 안정을 찾을 수 있도록 다른 팔로 한별의 허리를 휘어 감고 눈을 마주쳤다. 고요하고 무심한 눈동자 속에는 겁에 질린 한별이 있었다. 한별은 단단한 해원의 팔에 기대어 흔들림 없는 눈동자를 보며 점점 안정을 되찾았다.

한별은 자신과 해원이 물을 밟고 서 있는데도 수면에 어떠한 영향도 주지 않는다는 걸 깨달았다. 주위를 살펴봐도 끝이 어딘지 알 수 없었다. 발아래 있는 게 물인 건 분명한데 어떤 것도 비추고 있지 않았다. 위를 올려다보자 까맣기만 한 어둠 사이로 무수히 많은 빛이 일렁이며 반짝거리고 있었다. 해원이 한별을 놓은 것도 모른 채 위만 바라봤다. 아주 아름다운 광경이라 시선을 뗄 수 없었다. 자꾸만 보게 되었고, 눈을 감는 잠깐의 순간마저 아쉬웠다.

"한별."

해원의 부름이 아니었다면 하염없이 위를 바라보고 있을 것 같았다. 정신을 차리고 해원을 향해 고개를 돌렸다.

"나는 열 남매의 막내이자, 홀로 살아남은 마지막 용, 해원. 물속 세계의 주인이자 의무를 모르던 어리석은 용이 이방인 한별에게 부탁한다. 가라앉아야 할 모든 것은 내가 끌어안고 갈 터이니, 그대는 돌려보내야 할 이를 망설이지 않고 보내다오. 살아 있으면 행복해지기 위해 노력할 수 있고, 죽었으면 윤회할 수 있으나, 이곳에 있으면 다시는 행복해질 수 없으니……. 저들이 두 번째 기회를 누릴 수 있도록 도와다오."

해원은 천천히 몸을 수그리며 절을 했다. 그 모습이 푸른색 꽃 같았다. 풍성하게 퍼진 푸른색 한복 치마가 물과 이어지며, 신비롭고 거대한 공간을 가득 채울 정도의 존재감이 느껴졌다. 고개를 숙인 해원의 뒤로 푸르른 용이 똬리를 틀고 있는 모습이 비쳤다. 한별이 수락할 때까지 머리를 들지 않을 셈인 것 같았다.

그 모습이 비굴하거나 애처롭지 않았다. 해원은 스스로를 무지하고 어리석다 했으나 인간에게 도움을 청하며 고개를 숙이는 모습마저도 위엄과 기품이 느껴지는, 오롯한 용이었다. 해원은 어떤 표정을 짓고 있을까. 어떤 마음으로 인간인 자신에게 머리를 조아리며 부탁하는 걸까. 한별은 해원이 궁금해졌다. 더, 더 많이 알고 싶었다.

"용님, 제가 정말 할 수 있을까요?"

속삭이듯 말한 소리가 천둥처럼 울렸고 사방에서 빛이 일렁였다. 해원은 고개를 들고 한별을 올려다봤다. 어둠보다 빛 아래 있는 게 해원에서 훨씬 더 잘 어울렸다.

"예전에 이곳에 온 사람들은 후회했던 순간을 되돌려 바라고 원했던 자신이 되어 행복함 속에서 살았다. 그러나 이제 이곳은 언제 붕괴할지 모를 정도로 불안정하다. 곳곳에 금이 가며 삿된 것들이 자리 잡더니 하루가 반복되고 있다. 사람들은 자신이 원하던 하루를 반복하고 있지. 그것이 후회했던 지난날이든, 바라고 원했던 날이든. 행복함 속에 살고 있으니 세계가 이상하다는 인지를 못할 거야. 내 노력하여 이곳에 있는 이들을 물 밖으로 보냈으나, 이제는 한계야. 이곳을 유지하는 것만으로도 벅차다. 그래서 한별, 네가 필요해."

그 말을 듣고 한별은 자신이 바라는 행복함이 무엇일지 생각해봤다. 엄마가 오빠에게 하듯 자신을 사랑하는 모습, 아르바이트를 하지 않아도 되는 주말, 웃으면서 다니는 대학교⋯⋯. 여러 모습이 떠올랐다가 빠르게 사라졌고, 이내 눈앞에 있는 해원의 모습만이 남았다.

"하루가 반복된다고 해도, 자기가 원하는 대로 행복하게 살고 있으면 좋은 일 아니에요?"

"그래 봤자 여긴 진짜가 아니다."

그런 말을 하는 해원의 얼굴은 여전히 무표정했으나, 쓸쓸해 보였다. 해원도 진짜가 아닌 걸까? 한별은 부챗살처럼 촘촘히 늘어진 해원의 속눈썹을 바라보다 눈이 마주쳤다. 맑고 깊이가 있는 진실한 눈동자였다. 물에 빠지기 전 보았던 수면처럼, 모든 걸 투명하게 비추는 눈동자를 보고 한별은 해원을 믿기로 했다. 한 치의 의심도 없는, 순백의 마음이었다. 그것은 해가 떠오르는 하늘, 파도가 치는 광활한 바다, 소담스레 핀 꽃 한 송이, 햇살 아래 한들거리는 나뭇잎을 볼 때 저절로 마음이 일렁이는 것과 다르지 않았다.

잔잔하지만 선명하게 느껴지는 감동과 평온함에 아무 말도 하지 않고 있자, 해원이 입을 열었다.

"게다가 이곳은 너무 오랫동안…… 고여 있었어. 이대로 가면 남은 존재들이 삿된 것이 되거나 소멸되고 말 거다. 그 전에 되돌리고 싶어. 죽은 자는 저승으로, 산 자는 이승으로. 꿈꾸는 자들을 있어야 할 곳으로 돌려보내는 걸 도와준다면 네 소원을 들어주마. 그것이 무엇이든, 내가 할 수 있는 거라면 뭐든지."

"이름을 불러도 되나요?"

해원은 몇 초 정도 가만히 있다가 느리게 고개를 끄덕였다. 그조차 나붓해서 시선을 뗄 수 없었다.

"어떻게 하면 되는데요?"

"꿈을 꾸는 영혼과 접촉하고 그들을 흔들어 세계와 분리시키면 된다."

"꼭 제가 해야 해요? 해원님은 못 해요?"

"나 또한 이곳에 속해 있는 존재. 이방인인 네가 먼저 파동을 일으켜야 세계와 분리된 영혼이 수면을 향해 떠오를 수 있다."

"알겠어요. 도울게요. 소원은 생각해보고요."

"고맙다. 정말, 정말 고맙구나. 준비하고 있을 테니 잠시 쉬고 있거라."

해원이 손을 휘두르자 한별 혼자 다시 카페로 돌아왔다. 먹고 힘내라는 건지 테이블 위에는 딸기가 올라간 초코케이크와 망고케이크, 휘낭시에 같은 디저트가 잔뜩 있었다. 한별은 해원에게 고마움을 느끼며 맛있게 먹었다.

배가 부르다거나 고프다는 감각은 느껴지지 않았으나, 커피와 디저트는 마음을 따뜻하게 채워주었다. 한별은 먹고 싶던 음식이나 갖고 싶었던 옷을 떠올려봤으나 눈앞에 나타나는 건 아무것도 없었다. 이방인이라고 해서 자각몽처럼 원하는 대로 할 수 있는 곳이 아니라는 걸 확인하고 카페를 나왔다.

좀 전까지 있던 곳은 한별이 잘 알던 곳들이 모여 있었지만 조금만 걷자 한 번도 본 적 없던 가게들, 아파트, 주택, 회사, 공원, 놀이터 등이 나타났다. 어떤 곳은 사람들이 바글바글했고, 어떤 곳은 한두 명만 보였다. 사람들의 머리카락 한 올까지 구체적으로 보이는 곳도 있었고, 붓으로 두껍게 물감을 칠한 듯 얼굴이 제대로 인식되지 않는 곳도 있었다. 봄, 여름, 가을, 겨울과 맑은 날, 비 오는 날, 눈 오는 날이 장소에 따라 다르게 펼쳐졌다.

한 칸 한 칸의 세계를 이어 붙인 것처럼 풍경이 확 바뀌었다. 가장 놀라웠던 곳은 단조로운 회색빛을 띤 공간이었다. 다른 곳처럼 색감이 뭉개지거나 흐릿하지 않았다. 오히려 선명하다 못해 날카롭게 보였다. 그 안에 있으니 보이지 않는 무언가로부터 공격을 받을 것 같은 불안함이 느껴졌다. 어느새 주위에서 불투명한 그림자들이 춤을 추고 있었다. 들키면 위험하다는 것을 본능적으로 깨달았다. 게다가 이 공간에서는 숨을 쉴 때마다 영혼의 일부분이 먼지가 되어 바스라지는 것 같았다. 보이지 않는 무언가가 발목을 잡아채고 놓지 않는 느낌도 들었다. 한별은 조심스럽게 왔던 곳으로 되돌아갔다.

회색의 원룸 건물을 지나자 미세한 저항감이 느껴지며 색채가 돌아왔다. 흐릿하긴 했으나 우뚝 솟은 나무는 선명한 초록색이었다. 해가 쨍하니 떠 있고 매미가 울고 있었다. 잠깐 서 있었는데도 땀이 날 것처럼 뜨거웠다. 사람들은 반소매 옷을 입고 시원한 음료수를 마시며 길을 걸어가고 있었다. 가게마다 신나는 여름 노래를 틀어놔서 정작 무슨 노래인지 알 수 없는 소음으로 거리가 시끄러웠다.

한 걸음만 내디뎠을 뿐인데 완전히 다른 세상이었다. 물속 세상이 꿈꾸는 자들의 꿈과 꿈이 블록처럼 얼기설기 붙어 있는 곳이라는 사실을 돌아다녀보고 나서 알게 되었으나, 위험한 게 있을 줄은 몰랐다. 해원은 이곳이 붕괴할 것이라고 했었다. 아까 그 그림자가 해원이 말한 삿된 것일까? 떨리는 마음을 진정시키기 위해 카페로 들어갔다.

"어서 오세요. 주문하시겠어요?"

"잠시만요."

생각해보니 계산이 될지 안 될지 알 수 없었다. 주머니에 손을 넣으니 휴대폰이 잡혔다. 해보고 안 되면 나오자고 생각하며 메뉴를 살폈다. 당연히 따뜻한 아메리카노가 제일 쌌고, 아이스 음료에는 얼음 값 오백 원이 추가됐으며 프라페나 에이드가 제일 비쌌다. 달고 시원한 게 먹고 싶었지만 통장 잔고와 앞으로 들어갈 돈을 본능적으로 떠올렸다가 이 와중에도 돈 생각을 하는 스스로가 웃겼다. 부자가 되고 싶다는 소원을 빌어볼까. 그러면 행복해질까.

"레모네이드 한 잔이요."

다행히 페이로 결제가 됐고, 돈이 얼마 남았다는 안내 문자는 날아오지 않았다. 무엇이든 살 수 있는 걸까. 직원들과 손님들이 많은 백화점을 찾아서 구경을 하고 마음에 드는 게 있으면 사볼까 생각했다. 동기들은 백화점에서 쇼핑을 한다는데, 어차피 가봤자 잘 몰라서 허둥거리기만 할 것 같았다. 한별에게 지금 당장 필요한 건 이 레모네이드였다. 자리에 앉아 한 모금 마시니 상큼함과 달콤함이 긴장된 몸과 마음을 이완시켰다.

어느새 다 먹고 남은 빈 잔은 반납하고, 이번에는 시원한 아메리카노와 마카롱 두 개를 받아와 자리에 앉았다. 노란색 마카롱을 한입 먹고 눈이 휘둥그레져서 곧바로 다른 맛 마카롱을 더 샀다.

아르바이트를 하는 카페에서도 마카롱을 팔았지만, 하나에 3천 원이나 하는 마카롱 대신 컵라면으로 배를 채우는 게 우선이었다. 죽은 것도 산 것도 아니지만 맛있는 걸 돈 걱정 없이 마음껏 먹을 수 있다니, 어쩌면 이게 자신이 바란 행복일지도 모른다는 생각이 들어 웃고 말았다. 마카롱은 아주 달고 쫀득하며 입안에서 사르르 녹았다. 행복이 몽글몽글 퍼지는 것 같았다. 한별은 카페에서 파는 모든 종류의 마카롱을 먹은 다음에야 만족의 한숨을 내쉬었다.

얼음 하나를 입에 넣고 천천히 녹이는데 갑자기 해원이 나타났다. 등장만으로도 온도가 조금 서늘해진 느낌이었다. 다른 사람들의 눈에도 해원이 보일까 싶어 둘러보았지만, 아무도 쳐다보고 있지 않았다. 오직 한별만이 해원을 볼 수 있는 것 같았다.

"제일 먼저 돌려보낼 수 있는 이에게 가자."

한별은 자신에게 내밀어진 해원의 손을 바라봤다. 궂은 일 한 번 하지 않은 것 같은, 곱고 가는 손가락이었다. 손목에는 푸른 용이 똬리를 틀고 있는 듯한 모양의 팔찌가 달랑거리고 있었다. 한별은 각종 집안일과 아르바이트로 인해 여기저기 긁히고 데인 손을 바라보다가, 열심히 일한 손이었기에 부끄럽지 않다고 생각하며 망설임 없이 해원의 손을 잡았다.

해원을 따라 일어나서 한 걸음을 옮겼을 뿐인데 어느

새 물 위였다. 반사적으로 심장이 덜컹 내려앉았으나 옆에 있는 해원의 손을 잡으며 긴장을 풀었다. 해원이 오른팔을 휘두르자 길게 늘어진 소매가 팔랑거렸다. 어디선가 봄바람이 살랑살랑 불어오는 것 같았다. 해원이 찬 팔찌에서 은은하게 빛이 나더니, 수면에서 수많은 빛들이 일렁거렸다. 수면이 위를 비추고 있는 것 같아 고개를 돌려 주위를 살펴봤다. 사방이 빛무리로 가득해 우주에 떠 있는 것 같았다. 아름다운 광경에 정신이 팔려 있는데 해원이 손을 살짝 잡아당겼다.

"이 아래로 내려가면 어떤 세계에 도착할 거다. 내 기억이 흐릿한 데다가 물속 세계를 살펴보는 힘이 약해져서 그 세계의 주인이 누구인지, 어디에 있는지는 알 수 없어. 한별 네가 직접 찾아야만 한다. 꿈꾸는 자를 만나면 떠나야 함을 알려주고 날 불러다오."

"네. 잘…… 잘해볼게요."

"부탁하마."

한별은 해원의 배웅을 받으며, 두려움을 안은 채 물속으로 부드럽게 가라앉았다.

이곳은 다른 곳보다 유난히 사람이 많았다. 유동인구가 많은 탓인지 식당과 카페가 줄지어 있었고, 가운데에는 넓은 공원이 있었다. 제일 한산한 카페를 찾으려 했으나 어딜 가나 사람이 많았다. 신기한 건 한 카페에 줄 서서 기다리는 일 없이 모두가 자연스럽게 빈자리가 있는 곳을 찾아 들어간다는 점이었다.

사람들을 따라 걸으며 뭐가 있나 살펴봤다. 초콜릿, 크로플, 젤라또 등을 전문적으로 파는 카페들과 갈비, 초밥, 삼겹살, 순댓국, 핫도그, 칼국수, 떡볶이, 짜장면 등을 파는 각종 식당이 가득했다. 꿈꾸는 자는 맛있는 음식을 먹는 걸 바란 걸까?

한별은 생애 처음으로 무한리필이 아닌 초밥 집에 들어가 배가 터질 듯이 먹고, 옆에 있는 돈가스 집에 가서 한정 메뉴도 먹었다. 돈 걱정 없이 먹으니 행복했다. 이번에는 국밥집에 들어갔다.

"어서 오세요!"

"안녕하세요. 순대만 넣은 국밥이랑 순대 소짜 하나 주세요."

"국밥에 순대 추가도 되는데 소짜 하나 더 드려요?"

"네. 많이 먹고 싶어서요."

"그래요. 우리 집 순대 맛있어요. 순대만 하나, 순대 소 짜 하나!"

얼마 되지 않아 뚝배기에서 바글바글 끓는 순댓국과 윤 이 자르르 흐르는 순대, 그리고 반찬이 나왔다.

"맛있게 드세요!"

"감사합니다."

한별은 바로 양념장을 크게 떠서 뽀얀 국물에 섞었다. 밥그릇 뚜껑을 열어 뚜껑 위에 순대를 착착 쌓아놓고 숟 가락으로 국물을 먹었다.

"크으……. 맛있다."

국물을 몇 번 더 떠먹고 밥을 한술 떠 국물에 적셔 먹었 다. 입안에 퍼지는 탄수화물의 단맛과 얼큰한 국물의 조 화가 좋았다. 새우젓에서 새우만 건져 순대에 올려 먹었 다. 짭쪼름한 맛을 느끼다가 국물을 떠서 먹으니 촉촉해 서 좋았다.

가족 중에 엄마만 순댓국을 못 먹었다. 아빠와 오빠가 순댓국을 먹으러 가자 하면 따라가서 돈가스를 드셨고, 한별이 순댓국을 먹고 싶다고 하면 아빠를 닮아도 그런 것만 닮느냐고 혀를 찼다. 어떻게 여자애가 냄새나는 순댓국을 먹느냐면서. 그래서 어느 순간부터 순댓국을 먹지 않았다. 가족끼리 순댓국집에 가도 엄마를 따라 돈가스나 시래기국밥을 먹었다.

"진짜 오랜만에 먹네……."

한별은 엄마의 분신이 아닌데, 엄마가 하는 행동이나 식습관을 닮으려 했다. 물 밖으로 돌아가면 달라지고 싶었다. 먹고 싶은 걸 먹을 때의 소소한 행복이 마음 한구석을 따뜻하게 만들었다.

"맛있게 드셨어요?"

"네. 엄청 맛있었어요."

"다음에 또 와요. 내가 몰래 순대 더 넣어줄게."

"또 올게요. 감사합니다!"

한별은 계산해주는 직원에게 인사를 하고 가게를 나왔다. 밥을 먹으니 커피 생각이 났다. 물 밖에 있었다면 과제를 하거나 아르바이트를 하고 있었을 것이다. 이렇게 여유로웠던 게 얼마 만인지 모르겠다.

거리에는 사람이 너무 많아 아이스 아메리카노를 들고 공원으로 걸어갔다. 공원에도 사람들이 많았으나 워낙 넓어서 복작거리진 않았다. 한별은 벤치에 앉아 꿈꾸는 자를 어떻게 찾을 수 있을까 고민했다.

멍하니 앉아 있는데 유아차를 끌고 있는 여자와 서너 살 정도로 보이는 남자아이, 그리고 그 남자아이만 한 크기의 개가 눈에 들어왔다. 많은 사람이 지나갔지만, 유아차를 끌고 있는 사람은 여자뿐이었다. 한별의 앞을 지날 때 유아차 안을 살펴볼 수 있었는데 그 안에는 아무도 없었다.

여자는 웃으면서 남자아이를 쓰다듬더니 벤치에 앉았다. 그러자 남자아이는 여자 옆에, 개는 바닥에 얌전히 누웠다. 여자는 눈을 감고 바람을 느끼는 듯했다. 기분 좋아 보이는 여자의 모습에, 남자아이도, 개도 덩달아 눈을 감고 코를 세웠다.

그건 한별도 마찬가지였다. 눈을 감자 풀 내음과 옅은 흙냄새, 선명한 꽃향기, 갓 구운 빵 냄새, 아까 먹고 온 국밥 냄새 등이 하나하나 느껴졌다. 바람결에 이파리가 부딪치는 소리도, 연인들끼리 속삭이는 듯한 목소리도, 희미하게 들리는 재즈도, 나란히 발을 맞춰 걷는 소리도 들렸다. 이마부터 서서히 느껴지는 햇볕도 좋았다. 한별은 아무 생각도 하지 않고 눈을 감은 채 느낄 수 있는 것에 집중했다.

눈을 떠보니 여자는 사라졌고, 아메리카노의 얼음은 다 녹은 채였다. 꼬리에 꼬리를 무는 우울한 생각이 없이 가만히 앉아 있는 게 얼마 만인지 모르겠다고 생각하며, 웃으면서 싱거워진 커피를 다 마셨다. 이곳의 끝자락이 어딘지 파악한 후 한 장소에 일정 시간 동안 머무르면서 반복되는 패턴이 있는지 관찰해야 할 것 같았다.

한별은 세계가 달라지는 지점을 찾기 위해 공원을 가로질렀다. 그러자 거기에도 아주 많은 사람과 가게들이 보였다. 무언가 익숙한 기분이 들어 고개를 갸우뚱거리다가 이내 다시 걷기 시작했다. 그러다가 문득 옆에 자신이 먹었던 곳과 같은 간판의 순댓국집이 있는 걸 발견했다.

"체인점이었나?"

한별은 그렇게 순댓국집을 지나고, 크로플 전문점을 지나고, 갈빗집을 지났다. 그리고 다시 순댓국집을 지났을 때 의아함을 느꼈다. 이번에는 주위에 있는 가게를 유심히 살피며 걸었다. 순댓국집이 벌써 네 번째였다. 한별은 망설이다가 가게 안으로 들어갔다.

"어서 오세요!"

밝고 경쾌하게 인사를 건네는 직원의 얼굴이 아까와 똑같나? 얼굴은 기억이 나지 않지만 목소리나 인사하는 톤이 비슷한 것 같았다. 그렇지만 어느 가게나 인사하는 톤이 다 비슷할 거란 생각이 들었다. 한별이 자신을 빤히 바라보자 직원은 의아해하면서도 싱긋 웃었다. 애써 마주 웃으면서 아까와 똑같은 테이블에 앉았다.

"뭐 드실래요?"

"순대만 넣은 국밥 하나 주세요."

"네. 순대만 하나!"

인사는 그러려니 했는데, 주문을 주방에 전달하는 목소리를 들으니 아까 봤던 직원인 것 같았다. 곧 순댓국이 나왔다. 아까처럼 밥공기 뚜껑을 열어 순대를 쌓아놨다. 천천히 밥을 먹으면서 손님을 응대하는 직원을 유심히 봤으나 확실한 건 없었다. 모든 게 다 수상해 보였다. 다 먹고서 계산대 앞에 섰다. 그러자 의자에 앉아 있던 직원이 계산대로 다가왔다.

"맛있게 드셨어요?"

"네. 잘 먹었습니다."

"다음에 또 오세요!"

한별은 직원의 인사를 뒤로한 채 가게를 나왔다. 그리고 조금 걷다가 '할매순대국밥'이라는 똑같은 상호를 가진 가게 안으로 들어갔다.

"어서 오세요!"

홀에 나와 있는 직원이 한 명뿐이라, 한별을 반겨주는 건 아까 봤던 직원과 똑같이 생긴 사람이었다. 의심할 여지없이 같은 사람이었다. 얼어붙어서 가만히 서 있는 한별을 바라보며 싱긋 웃는 것까지 똑같았다.

바로 가게를 나와 주변을 둘러봤다. 깨닫고 보니 배치는 달랐으나 아까와 똑같은 가게들이 줄지어 서 있는 걸알 수 있었다. 똑같은 간판의 가게에 들어가니 안에서 일하고 있는 사람도 똑같았다. 옷차림과 헤어스타일이 다를 뿐이었다. 반소매 옷과 긴소매 옷, 얇은 바람막이와 롱패딩이 혼재된 공간이라 쉽게 눈치채지 못했던 것이었다.

직원뿐 아니라 이곳에 있는 사람들도 마찬가지였다. 그들은 주변에 또 다른 자신이 있어도 신경 쓰지 않고 각자할 일을 했다. 가게에 들어가거나 통화를 하거나 음식을 주문해 먹거나 포장해서 공원에 갔다. 이 속에서 한별만

유일한 사람이라는 사실을 인지하자 무서움이 몰려오며 도망치고 싶었다.

저도 모르게 이 세계의 끝을 찾아 달려 일렁거리는 물 벽까지 도달했다. 물 벽을 지나자 색감이 푸른색 톤으로 뒤덮인 세상이 나왔다. 한 발자국만 나왔을 뿐인데 색이 찬란하게 빛나는 세계가 사라진 것도 무서웠다. 이곳은 죽은 세계인 게 분명했다. 이 세계의 꿈꾸는 자는 어떻게 된 걸까. 주위를 유심히 살펴봤으나 전에 보았던 일렁이는 그림자가 없어서 불안했던 마음이 점점 진정되었다.

바닥에 주저앉아 저쪽 세계를 바라봤다. 어쨌거나 저곳의 주인을 찾아야 했다. 길거리를 돌아다니는 사람들을 유심히 살폈다. 도대체 뭘 바라기에 똑같은 가게들이 줄지어 있고 똑같은 사람들이 돌아다니는 걸까. 그렇다고 똑같은 행동이나 말을 하는 건 아니었다. 다 각자의 의지가 있었다. 다만 할 수 있는 게 식사와 카페에 앉아 있는 것과 공원 산책밖에 없어서 비슷하게 보일 뿐이었다.

한참을 푸른 세계 속에 있다가 자리에서 일어났다. 한 걸음 내딛자 세계가 달라졌다. 사람들이 와글와글한 거리를 지나 카페에 들어가 아이스 아메리카노와 샌드위치를 샀다. 공원 벤치에 앉아 사람들을 지켜봤다.

꿈꾸는 자는 익명성을 원했던 걸까? 그런 것치고는 얼굴들이 너무 선명하게 잘 보였다. 맛있는 걸 많이 먹는 것? 그렇다고 하기에는 식당의 종류가 다양하지 않았다. 마치 아는 것이 얼마 되지 않아 자연스러워 보이도록 블록처럼 이리저리 끼워 넣은 것 같은 모습이었다.

하루가 반복이 되는 기준을 잡고 거기서부터 찾으면 될 것 같아 기준으로 삼을 만한 걸 찾기 위해 돌아다녔다. 문제는 똑같이 생긴 사람들과 비슷한 옷차림을 한 사람들이 너무 많아서 잠시만 딴생각을 하면 아까 사라졌던 사람이 다시 온 건지, 그와는 다른 사람이 같은 자리에 앉은 건지 헷갈렸다. 신경을 곤두세우며 걸으니 정신적으로 지치는 것 같았다. 그러면 아무 식당에나 들어가서 밥을 먹고 카페에서 음료와 디저트를 먹었다. 먹는 즐거움이라도 없으면 미쳐버릴 것만 같았다.

어디를 가더라도 한별을 알아보는 가게 직원은 없었다. 한별 혼자만 상대방을 알아보는 게 힘들어서 최대한 다른 가게에 가려고 노력했다. 옷차림만 다르고 얼굴은 똑같은 직원을 만나면 쌍둥이라고 생각하기로 했다. 카페에 갔다가 그곳에 있는 책을 빌려오기도 했다. 실은 가져온 거지만. 한별은 공원에서 책을 보고 또 보다가 벤치에 내려놓고 다른 벤치로 갔다.

카페에 죽치고 앉아 거기에 있는 모든 음료와 디저트를 하나씩 다 주문해 먹기도 했다. 카페 사장은 처음에는 좋아하더니 메뉴의 반 이상을 먹어갈 때쯤에는 한별이 걱정되는 눈치였다. 한별은 허상의 존재인 카페 사장을 위해 다른 식당으로 가서 그곳에서도 똑같이 모든 메뉴를 하나씩 시켰다. 거기서도 걱정 어린 말을 들으면 자리를 옮겼다. 그러다가 똑같은 얼굴에 헤어스타일과 옷차림만 다른 카페 사장을 마주하고 커피 한 잔을 손에 들고 공원으로 나왔다.

"해원님이 미치지 않은 게 신기할 정도네……. 용이라 그런가?"

"용이라도, 가끔 괴롭긴 하지."

"깜짝이야!"

어느새 한별 옆에는 해원이 나란히 앉아 있었다. 해원은 푸른 치맛자락을 잘 여미고 아이스 초코를 마셨다. 냄새만 맡아도 달아서 인상이 찌푸려질 줄 알았는데 아니었다. 한별은 자신이 단 걸 싫어한다고 생각했었다. 크기가 작아서 허기를 달래지도 못하고, 눈 깜짝할 사이에 사르르 녹아버리는 초콜릿, 사탕. 오빠 입으로만 들어가는 과일, 아메리카노보다 비싼 과일 청 에이드 같은 것들. 단 걸 싫어해서 먹지 않는다고 생각하면 편했다. 못 먹는 것과 안 먹는 것의 차이는 아주 컸으니까. 그리고 그렇게 생각할수록 스스로의 생각에 힘이 실려 정말 단 것을 싫어하게 되었다.

그러나 물속 세계에서 계속 먹고 마시면서, 한별은 자신이 단 것을 꽤 좋아한다는 걸 깨달았다. 카페마다 초코 시럽 브랜드가 다른지 맛이 조금씩 차이가 있었으며, 핫초코와 아이스 초코의 느낌도 달랐다. 시럽으로 만든 에이드와 수제 청을 넣은 에이드의 차이도 알게 되었다. 직접 케이크와 마카롱을 만들어 판다는 카페에서 먹은 것들은 감동적일 정도였다. 물 밖으로 돌아간다면 다양한 것들을 먹어봐야겠다고 결심할 정도였다. 맛있는 음식이 아니었더라면 금방 무너져서 포기하고 다른 세계로 넘어갔을 것 같았다.

"죄송해요. 금방 찾을 줄 알았는데······."

"그동안 먹은 것들은 맛있었는가?"

"엄청, 엄청 맛있었어요."

한별의 진심이 느껴졌는지 해원의 입꼬리가 살짝 올라간 것 같았다. 자신이 본 게 진짜인가 싶어 눈을 깜빡거리자 언제 그랬냐는 듯 무표정한 얼굴로 돌아가 있었다.

"원래 이 세계에서는 맛이 이렇게 느껴지지 않았다. 향은 강렬해도 맛은 거의 없다시피 했지."

"공간의 주인 뜻대로 공간이 만들어진다면서요? 해원 님이 간섭할 수도 있나요?"

"이 공간의 주인은 원하는 게 선명해서 오히려 간섭하기 수월했어……. 맞아, 그랬어. 한별, 여기에는 원래 다양한 맛이 없었어. 특히 초콜릿."

그 말만 남기고 해원은 사라졌다. 텅 빈 벤치를 바라보면서 해원의 말을 곱씹었다. 개에게는 초콜릿이 위험하다고 들은 것 같았다. 그러다가 문득 돌아다니면서 동물을 본 적이 없다는 걸 깨달았다. 이곳에는 사람만 많았지, 개를 데리고 산책하는 사람이 아무도 없었다. 처음에 봤던 여자와 함께 있던 개가 유일했다. 그 여자가 이 공간의 주인인 걸까? 유아차를 끌고 있는 여자를 찾아 공간을 들쑤

시고 다녔지만, 보이지 않았다.

　한별은 처음에 봤던 장소를 찾아 거기에서 기다리기로
했으나 그 장소를 찾는 일도 쉽지 않았다. 특별한 표식도
없이 벤치와 나무가 반복되는 탓이었다. 게다가 반복이
시작되는 시점도 모르니 자리에 계속 앉아 기다리는 것도
힘들었다.

　사람들이 계속 웃고 떠들며 여기저기 돌아다니는 공원
보다는 손님 상대를 하고 음식을 만드는 가게를 기준으로
삼기로 하고 가게 사장님을 관찰했다. 여긴 출퇴근이 없
는 곳이었지만 사장님이 장사를 준비하는 루틴은 있었다.
찾아보기 쉽게 파란색 간판인 돈가스 집 옆에 있는, 빨간
색 간판에 벽이 통유리로 되어 있어 안이 들여다보이는
카페를 기준으로 삼았다. 카페 사장이 커피 한 잔을 내려
서 한 모금 마시면 그걸 기점으로 하루가 다시 시작된다
고 정했다.

　가게 사장이 커피를 반쯤 마시면 새로운 손님들이 하나
둘 들어오는데, 다들 익숙한 얼굴, 익숙한 옷차림이었다.
카페 앞을 지나가는 사람들도 마찬가지였다. 카페에서 아
무리 많은 메뉴를 주문하고 오래 머물러도 카페 사장이

커피를 반쯤 마시면 모든 게 다시 시작되었다. 테이블을 가득 채운 빈 잔은 그대로였으나 사장은 한별을 기억하지 못했다. 한별은 친절하게 웃는 사장에게 커피를 한 잔 받아 공원으로 향했다.

혹시라도 공원을 오가는 동안 여자가 왔을 수도 있으니 공원에서도 기준을 찾아야 했다. 카페에서 세 번의 하루를 보내니 공원에서도 기준을 찾을 수 있었다. 카페 사장이 본인이 마실 커피를 내리고 한 모금 마셨을 때 바로 커피를 주문하고 받은 다음에 공원을 향해 일직선으로 걸어가면 하얀색과 빨간색 줄무늬 티를 입은 남자와 하얀색과 파란색 줄무늬 티를 입은 여자가 잔디밭에 돗자리를 깔고 앉아 있는 게 보였다. 그 사람들을 중심으로 아이와 여자를 찾아다녔다.

이런 방식으로 가게에서 하루의 기준점을 잡고, 공원에서의 기준점을 잡은 뒤 찾기를 반복했다. 사람들을 관찰하면서 느낀 게 있었는데 여기에는 슬프거나 우울한 사람이 한 명도 없었다. 싸우거나 화내는 사람도 없었고 큰소리를 내는 사람도 없었다. 정말 평화롭고 행복만 가득한 안전한 세계였다.

꿈꾸는 자는 이런 세계를 바란 걸까? 이런 걸 꿈꿨다는 것은 물 밖은 그렇지 않았다는 뜻일까? 그래도 돌려보내야 하는지 망설여졌지만 해야만 하는 일이었다. 해원과 약속했으므로.

커피를 마시며 주변을 살펴보는데 드디어 빈 유아차를 미는 여자를 발견했다. 한별은 저도 모르게 여자를 향해 달려갔다. 여자와 아이가 겁을 먹을지도 모른다는 생각은 저 멀리 날아간 채였다. 여자의 코앞까지 와서야 아차 싶어 속도를 늦췄다. 걱정스러운 마음에 여자의 표정을 봤는데 부드럽게 웃고 있었다.

"아, 저, 안녕하세요……."

"안녕하세요. 무슨 일이시죠?"

"그게, 그러니까."

당황해서 시선을 내리자 반짝거리는 남자아이의 눈동자와 마주쳤다. 그 누구도 자신을 싫어하지 않을 거라는, 모든 이가 자신을 아끼고 사랑해줄 거라는 믿음이 가득한 눈동자였다. 그건 여유롭게 꼬리를 흔드는 개도 마찬가지였다.

"음……. 엄마랑 같이 나온 거예요?"

"응! 엄마랑 산책해!"

여자와 아이를 찬찬히 살펴보고 개를 봤는데, 아이와 개가 이어져 있으며 그림자가 없다는 걸 깨달았다. 그걸 인지하자 개가 조금 더 선명해졌다. 아니, 다른 것들이 약간 흐려졌다. 꿈꾸는 자는 여자도, 남자아이도 아니었다. 여긴 개가 꿈꾸는 세계였다. 개는 남자아이 뒤에 그림자처럼 서서 여자를 바라보며 웃고 있었다. 한별은 남자아이의 행세를 하는 듯한 개를 보며 혼란스러워졌다.

"길 잃었어? 아니면 엄마가 없어졌어? 내가 도와줄까?"

이 아이는, 아니 이 개는 길을 잃고 주인인 여자를 잃어버렸던 걸까? 그래서 이런 꿈을 꾸는 걸까?

"아니……. 지금은 괜찮아."

"그럼 나 산책하러 갈게. 안녕!"

한별은 일정 거리를 둔 채 여자와 개를 따라다녔다. 여자는 한 손으로는 유아차를 밀고, 다른 한 손으로는 남자아이의 손을 잡고 있었다. 여자는 은은한 미소를 짓고 있었고, 남자아이는 그런 여자가 좋아서 어쩔 줄 모르겠다는 듯 방방 뛰고 계속 재잘거렸다. 사람들은 큰 소리로 떠드는 남자아이를 뚫어지게 쳐다보거나 눈살을 찌푸리지 않았다. 유아차 때문에 거슬린다고 인상을 쓰지도 않았다. 자연스럽게 여자와 아이가 지나갈 수 있도록 길을 비켜주고는 제 갈 길을 갔다.

"뭐 먹고 싶은 거 있어?"

"엄마, 우리 순대 집 가자! 사장님이 간 줄 거야!"

"그래, 가자."

여자와 아이는 한별이 들어갔었던 순댓국집으로 들어갔다. 따라 들어가자 한별을 친절하게 대해줬던 직원이 여자와 아이를 반갑게 맞이하고 있었다.

"탄이랑 탄이 엄마 왔어? 얼른 앉아. 안 그래도 간이 어찌나 잘 쪄졌던지, 탄이가 언제 오나 했다니까."

여자는 아이 전용 의자에 남자아이를 앉혔다. 개는 자연스럽게 그 아래에 엎드렸다. 한별은 그 옆 테이블에 앉아 주문을 받으러 다가온 직원에게 순대만 든 순댓국을 시켰다. 직원은 여자에게는 순댓국을, 아이 앞에는 간이 푸짐하게 담긴 접시를 내려놨다. 아이는 눈을 반짝반짝 빛내며 손으로 간을 집어 먹었다. 간이 엄청 맛있는지 두 눈이 동그래지더니 하나를 더 집어 먹고 다른 한 손으로는 여자를 향해 간을 내밀었다.

"엄마 주는 거야?"

"응. 맛있어!"

"고마워."

여자는 망설임 없이 아이 손에 있는 간을 입으로 베어 물었다. 그 모습을 보고 아이가 밝게 웃었다. 여자가 다 먹고 일어나자 개도 벌떡 일어났다. 아이는 의자에서 혼자서 나올 수가 없어 여자를 향해 팔을 벌린 채였다. 여자는 아이를 내려주고 유아차를 챙겨 카운터로 향했다. 한별도 먹는 걸 멈추고 여자 뒤에 섰다. 여자가 계산을 마치고 나간 뒤 한별도 계산을 한 다음 바로 여자를 쫓았다.

아이는 앞으로 먼저 달려갔다가 뒤돌아서 여자 주변을 뱅글뱅글 돌고 가만히 멈춰 서서 풀냄새를 맡았다. 여자는 아이에게 하지 말라고 화내거나 손짓하지 않고 가만히 기다려주다가 아이가 가까이 오면 머리를 쓰다듬어주었다.

"안녕하세요!"

"응, 안녕."

"하늘이 파래요! 잘 익은 풀냄새도 나요."

"그래? 날씨가 좋아서 그런가 봐."

아이는 지나가는 사람들에게 손을 흔들며 인사를 했고, 처음부터 아이를 주시하고 있던 사람이든 아이에게 관심 없던 사람이든 아이의 인사를 받아주었다. 어떤 사람은 아이의 머리를 쓰다듬기도 했다. 그러면 아이는 환하게 웃으며 그 사람의 주위를 빙글빙글 돌다가 여자에게 돌아갔다.

이번에는 카페에 갈 생각인지 여자가 카페 쪽으로 발걸음을 옮겼다. 유아차를 밀고 있는 여자를 위해 아이가 먼저 가서 유리문을 열려고 했으나 무거운지 낑낑거렸다. 바로 뒤에 있던 한별이 서둘러 문을 열어주자 아이가 용사님을 바라보는 것처럼 한별을 보며 감탄했다.

"감사합니다! 엄마, 얼른 들어가자!"

"감사합니다."

여자가 유아차를 끌고 안으로 들어가자 아이도 따라 들어갔고, 마지막으로 한별이 들어갔다. 카페에는 빈자리가 없었는데, 여자가 주위를 둘러보자 한 커플이 자연스럽게 자리에서 일어나 카페를 나갔다. 직원이 테이블을 닦고 여자를 안내했으나 여자는 가만히 서 있었다. 카페 내부가 넓지 않아서 유아차가 지나갈 수 없는 게 문제였다. 유아차를 벽 한쪽에 세워두면 될 것 같은데, 여자는 유아차에서 손을 떼지 않았다. 아이는 그런 여자를 올려다보다 입을 열었다.

"엄마, 우리 저기에 앉자."

"안 돼. 아기가 있잖니."

"나랑 같이 앉자. 나랑 같이 있어, 응?"

"안 돼. 아기랑 떨어질 수 없어."

아이가 아무리 졸라도 여자는 단호했다. 아이가 애써 울음을 삼키며 여자의 빈손을 잡고 흔들고 잡아당겼으나 소용없었다. 차라리 다른 곳에 가겠다는 듯 유아차를 돌려 카페 문을 열고 나갔다. 아이는 혼자서는 열 수 없는 무거운 유리문과 그 너머에 있는 여자를 바라보다가 문을 잡아당기며 들어오는 사람을 밀치고 재빨리 뛰어갔다.

한별은 그 모습을 바라보다가 여자가 안내받았던 자리에 앉았다.

"해원님."

어느새 자연스럽게 앞자리에 나타난 해원이 복숭아 아이스티와 마카롱을 먹고 있었다. 아이를 보며 안쓰러움과 안타까움에 얼굴이 굳어 있었는데 그 모습을 보고 웃음이 나왔다.

"왜 웃지?"

"그냥요."

차마 귀여워서 웃었다고는 하지 못해 얼버무렸다. 마카롱을 우아하면서도 끊임없이 먹는 걸 보니 해원이 조금 더 가깝게 느껴졌다. 한별과는 비교할 수 없을 만큼 대단한 존재가 분명한데도. 스스로의 생각에 기분이 바닥으로 떨어지는 걸 추슬렀다. 비교하면 한도 끝도 없다. 한별은 한별이 할 수 있는 일을 하기로 다짐했었다.

"여기는 아이의 모습을 한 개가 꿈꾸는 곳이에요. 이름은 탄이. 엄마라고 부르는 여자와 행복하게 지내고 싶은 꿈이겠죠. 그런데 개도…… 이곳에 올 수 있어요?"

"사람에게만 꿈이 있다는 생각은 버리도록."

그건 맞는 말이었다. 남자아이 모습 뒤로 보이는 탄이의 모습은 행복해 보였다. 방금은 아니었지만. 탄이가 바라는 건 특별한 게 아닌 것 같았다. 그저 함께 있는 것. 같이 산책을 하고, 맛있는 것을 나눠 먹는 것. 그게 다였다. 맹목적이고도 뚜렷한 애정이 신기하고 부러웠다.

"한별, 네가 꿈꾸는 자를 이해하니 내 기억이 조금씩 떠오르는군. 탄이는 사람을 좋아하는 아주 활발한 아이였어."

탄이처럼 자신을 좋아해주는 강아지를 키웠다면 상황이 조금 달라졌을까 싶었지만, 이내 고개를 내저었다. 부모님은 털 달린 동물을 싫어했다. 막상 데려오면 자신보다 부모님이 반려동물을 더 아껴준다는 말도 있었지만, 확실하지 않은 가능성에 걸고 생명을 데려올 수는 없었다.

몇 번이고 뒤를 따라가며 보았지만 둘은 특별한 행동을 하는 게 아니었다. 공원을 걷던 아이가 잔디 위에 누워서 뒹구는 것으로 하루를 시작했다. 신나게 구르고, 벌떡 일어나서 유아차에서 손을 떼지 않는 여자 주위를 맴돌고, 이 식당에 가자, 저 카페에 가자, 여기저기 손가락질을 하며 재잘거렸다. 어디를 가든지 여자가 먼저 유아차를 끌고 가고, 아이가 뒤따르다가 하루가 끝났다.

아이는 발이 땅에 붙어 있는 시간보다 팔랑팔랑 뛰어다니는 시간이 더 길었다. 물속 세계라 그런지 지치지도 않는 모습이었다. 엄마와 뭐든 함께하고, 어디든 갈 수 있는 아이는 무척이나 행복해 보였다. 그 끝은 서글플지언정 다시 행복한 하루가 시작되니까. 돌아가야만 하는 이유가 없었다면 이대로 두고 싶은 마음이었다. 어느 식당으로 갈지 고민을 하는 여자와 그런 여자를 올려다보는 아이를 보던 중이었다. 가까이 있어서 그런지 아이가 하는 말이 들렸다.

"나랑 평생 같이 있을 거라고 엄마가 그랬잖아. 이렇게 같이 있으니까 엄청 좋아. 엄마도 그렇지? 다른 사람이 내가 너무 크다고, 털이 너무 많이 날린다고 해도 평생 같이 있자!"

한별은 아이가 한 말을 듣자마자 바로 해원을 불렀다.

"물 밖에 나가면, 제가 탄이를 만날 수 있을까요?"

"……탄이가 이승으로 돌아가는 건 확실하다. 혼자서 헤매다가 도랑에 빠졌을 뿐이니. 인연의 끈이 이어진다면 만날 수 있겠지."

"이곳에 탄이 같은 아이들이 더 있을까요?"

"다행히 동물은 탄이가 마지막이야. 동물들의 혼은 작아서 인간보다 수월하게 물 밖으로 보낼 수 있으니 붕괴의 조짐이 보였을 때 다 되돌려 보냈다고 생각했다. 그런데 탄이가 인간의 형상을 한 채 남아 있을 줄은 나도 몰랐어. 이곳에서 엄마와 함께 있으며 느끼는 행복감이 아주

컸던 모양이야."

한별은 아이스크림을 먹으며 인파 속으로 사라지는 아이를 보다가, 아이가 등장하는 공원에서 기다리기로 했다. 해원에게 같이 가자고 하려 했으나 해원은 보이지 않았다. 청량한 물 내음이 코끝을 맴도는 것 같았다.

하루가 지나고 다시 하루가 시작되었다. 같은 옷을 입은 커플이 지나가고 아이의 손을 잡고 소풍을 온 가족이 돗자리 위에서 쉬고 있을 때, 유아차를 미는 여자와 탄이가 등장했다. 한별은 아이가 잔디 위를 뒹군 뒤 여자의 다리에 붙어 있는 걸 지켜보다가 그 뒤에서 꼬리를 흔들고 있는 개를 불렀다.

"탄이야."

그러자 탄이가 눈을 동그랗게 뜨고 한별을 바라보다가 살며시 웃었다. 탄이는 사람을 좋아하며 다정하고 착한 개였다. 한별은 목이 메는 걸 참으며 쪼그려 앉았다. 개인 탄이를 인지하고, 이름을 부른 것만으로도 탄이의 세계가 일렁거렸다. 그건 여자도 마찬가지였다. 아까까지만 해도 분명 이목구비가 선명했던 것 같은데 이제는 눈으로 보고 있어도 어떻게 생겼는지 파악할 수 없을 정도였다.

"여기서 계속 엄마랑 놀고 싶어?"

"응! 계속 계속 엄마랑 있고 싶어."

한별은 애써 웃으면서 개의 머리에 손을 올렸다. 부드러운 털을 쓰다듬으니 탄이가 눈을 감고 한별의 손길을 즐겼다. 그러는 동안에 세계는 천천히 물로 변해 일렁거리고 있었다. 탄이와 그림자로 연결되어 있던 남자아이도 물이 되어 사라졌다.

"그렇지만 물 밖으로 돌아가야 해. 여기에 계속 있으면 큰일 나."

"여기에는 엄마가 있지만, 나가면 엄마 없어."

만약 한별이 탄이를 키우기로 한다면, 가족들의 반응, 탄이의 식량, 장난감, 병원비 등 들어갈 돈, 매일 산책시켜야 한다는 책임감 등 뭐 하나 쉬울 게 없었다. 이 모든 걸 감안하고도 탄이와 함께할 자신이 있는지, 고요히 생각했다. 가엾다는 이유만으로는 부족했다. 그 마음 하나로 평생 돌볼 수 있을지 자신이 없었다.

한별은 사랑과 신뢰가 가득한 탄이의 눈동자를 마주 보았다. 이 눈동자가 늘 빛났으면 좋겠다는 생각이 들었다.

돈이 있다면, 독립해서 산다면 다 괜찮을 터였다. 그래, 해원에게 엄청난 부자가 되게 해달라는 소원을 비는 거야.

"내가…… 내가 탄이를 만나러 간다면? 내가 탄이 옆에 있겠다고 하면 어때?"

"엄마는 이제 아이를 가져야 하는데 시댁에서 개 키우는 걸 싫어한다고 했어. 내가 너무 크니까 다른 사람들이 귀엽다고 하지 않는 거래. 누나도 그러면 어떻게 해? 물 밖에 나가면 난, 난 이런 아가가 아니란 말이야……. 밥도 너무 많이 먹고, 산책시키는 것도 힘들댔어. 다른 사람들도 나한테 마구 화내고."

일렁거리던 여자의 모습마저 사라지자 탄이가 깜짝 놀라 제자리를 빙글빙글 돌며 울부짖었다. 탄이의 이상 행동에 아까까지만 해도 탄이를 반겼던 사람들이 탄이를 매섭게 바라보거나 저리 가라고 소리를 질렀다. 탄이가 엄마를 부르며 달려갔고 한별도 서둘러 쫓아갔다.

"엄마!"

"여긴 잡종이 들어올 수 없습니다."

탄이가 가게 안으로 들어가려고 하자 탄이를 사랑스럽게 보며 이것저것 권하던 카페 사장이 정중하게 탄이를 거부했다. 그건 어딜 가나 마찬가지였다. 탄이를 환영하는 곳은 어디에도 없었다. 잡종이라서, 작은 개가 아니라서, 아무 곳에서나 볼일을 볼 것 같아서, 무섭게 생겨서 거절당했다. 탄이는 가게들이 반복되는 세계를 돌고 또 돌았다. 한별은 지치지 않는 몸에 감사하며 포기하지 않고 탄이를 뒤쫓았다.

탄이는 눈물을 흘리면서 엄마를 찾았다. 사람들은 탄이가 뛰어오자 가만히 서서 자리를 지켰다. 탄이는 사람들의 다리에 부딪쳐 넘어지기도 하고, 사람들 사이를 지나가다가 미친개가 뛰어다닌다며 욕을 먹기도 했다. 잔뜩 겁먹어 꼬리를 다리 사이에 숨긴 상태에서도 탄이는 꿋꿋하게 엄마를 찾아다녔다.

"엄마! 어딨어!"

"조용히 못 해? 이걸 그냥 확!"

기어코 손을 올리는 사람도 있었다. 주위에 있는 사람들이 울타리처럼 탄이를 에워쌌다. 탄이는 오도 가도 못한 채 낑낑거리는 소리만 내고 있었다. 한별이 재빨리 끼어들지 않았더라면 정말 맞았을지도 몰랐다.

한별은 탄이를 아주 강하게 끌어안고 사람들을 노려봤

다. 물속 세계라는 걸 알면서도 사람들이 너무 미웠다. 이목구비가 뚜렷하지는 않아 표정이 보이지 않았지만 화내거나 비웃거나 짜증 내고 있다는 건 알 수 있었다. 품 안의 탄이가 서럽게 울고 있는 게 아니었다면 크게 싸웠을 것이다. 탄이에게 화를 냈던 사람들은 이제 한별에게 소리치고 손가락질을 했다. 한별은 사람들이 소리쳐도 아랑곳하지 않고 탄이의 눈을 바라보며 다정하게 쓰다듬어주었다. 촉촉하게 젖은 까만 눈동자가 한별을 가만히 올려다봤다.

"괜찮아, 괜찮을 거야……."

탄이는 더 이상 말을 못 하는지 낑낑거리며 구슬프게 울었다. 한별은 탄이의 머리를, 귀 뒤를, 턱 아래를, 등허리를 쓰다듬으며 탄이의 슬픔이 줄어들기를 간절하게 바랐다.

건물, 사람 가리지 않고 모든 것들이 물이 되어 흘러내리더니 공간에 가득 차올랐다. 물속에 있었지만 자유롭게 숨을 쉬고 움직일 수 있었다. 위쪽 어딘가에서 새어 들어오는 빛줄기가 일렁거렸다. 탄이는 주저앉은 한별의 주위를 빙글빙글 돌더니 한별의 볼을 한번 핥고 눈치 보는 것처럼 한별을 바라봤다. 한별이 거부하거나 싫다는 내색 없이 웃고 있자 탄이는 꼬리를 격렬하게 흔들며 한별의 품에 안겼다.

"인연의 끈이 생겼다. 한별, 네가 물 밖으로 나가게 되면 탄이를 만나게 될 거다."

"탄이가 저를 기다리는 동안 무슨 일이 생기는 건 아니겠죠?"

"돌아가는 시간이 뒤죽박죽일 테니 그건 모르겠군. 하지만 인연의 끈은 쉬이 끊어지지 않으니 걱정 마라. 내가 탄이를 보내는 동안 또 다른 꿈꾸는 자를 찾아줄 수 있겠는가. 내 힘이 약해져 어디에 있는지 파악이 잘되지 않아. 인간끼리는 끌어당기는 힘이 있으니 너라면 금방 찾을 수 있을 것이다."

"네, 찾고 있을게요. 탄이 잘 데려다주세요."

"내 손 위에 올려다오."

물살의 흐름이 느껴지더니 어느새 용으로 변한 해원이 한별을 향해 손을 내밀었다. 위엄과 다정함이 공존하는 눈동자와 우아하게 뻗은 뿔에서 눈을 뗄 수 없었다. 다양한 파란색들이 모여 있는 비늘에 빛줄기가 닿을 때마다 파란 빛무리가 춤을 추고, 살랑거리는 물살이 온몸을 휘감았다. 한별은 넋을 잃고 해원을 바라보다가, 해원의 재촉에 정신을 차리고 탄이를 손 위에 올려주었다. 헤어져야만 한다는 사실을 아는지 탄이가 낑낑거렸지만, 해원의 손 안에 얌전히 있었다.

"탄이와 인사를 해야 하지 않겠는가."

"아, 네! 그렇죠. 탄이야, 곧 만나자! 잠시만 기다리고 있어! 꼭 만나러 갈게, 알았지?"

탄이는 한별을 기억하겠다는 듯 까만 눈으로 한별을 빤히 내려다본 후 가볍게 멍! 짖었다. 해원은 탄이가 있는 손을 살며시 오므리고는 위로 올라갔다. 한별은 어느덧 보이지 않는 해원의 잔상을 찾아 하염없이 서 있다가 점점 거세지는 물살에 떠밀리고 말았다.

발길이 닿는 대로 물속 세계를 걸었다. 해원의 말처럼 자연스럽게 꿈꾸는 자가 있는 곳으로 향하는 것 같았다. 색이 전체적으로 연하거나 상이 흐릿한 공간들을 지나 뚜렷한 색채를 가진 세계를 발견했다.

이번에는 학교가 배경인 것 같았다. 원근감이 없는 것

처럼 어디에서 봐도 학교 건물이 아주 크게 보였는데, 건물 한가운데에는 성처럼 뾰족한 종탑이 있었다. 하늘에는 무지개가 떠 있고 햇볕은 따뜻했다. 너무나도 평화롭고 다정한 분위기였다.

등교 시간인지 재잘재잘 떠들면서 학교를 향해 가는 학생들이 있었다. 그 수가 많지 않아서 전교생이 구현된 게 아니라는 걸 알았다. 꿈꾸는 자를 찾기 위해 조심스레 살펴봤는데 다들 사람의 형상을 하고 있었고 색채는 뚜렷했으나 이목구비가 흐릿했다. 탄이에게 화를 내던 이들이 떠올라 흠칫하긴 했지만, 이내 고개를 내젓고 걸었다.

학교에 들어가도 괜찮나 기웃거려도 한별에게 관심을 보이는 사람들은 없었다. 선생님도, 학생들도 모두 다 자기 할 일을 하거나 앞만 보고 갔다. 한별은 물속 세계에 속한 사람은 아니었지만 그렇다고 지금까지 물속 세계 사람과 교류하지 못했던 건 아니었기에 이상했다. 그렇다고 괜히 말을 걸거나 앞에서 얼쩡거리진 않았다. 한별은 학생들 속에 파묻혀 자연스럽게 학교 안으로 들어갔다.

한별은 학창시절을 조용하게 보냈다. 반에 있는 듯, 없는 듯 한 학생이었다. 친구들과 함께 놀 돈도 없었고, 그렇다고 사달라고 장난칠 용기도 없었다. 공부를 열심히 하면 부모님이 칭찬해주실까 싶어 노력한 덕분에 선생님들의 관심을 받기도 했다.

그러나 정작 한별이 받고 싶던 부모님의 관심은 모두 오빠에게 쏟아졌다. 오빠가 못하면 위로의 저녁식사가 차려졌고, 오빠가 잘하면 외식을 했다. 한별이 공부를 못하든 잘하든 별 관심이 없었다. 필요한 돈도 제때 주지 않아 학교에서 꼭 사오라 하는 문제집도 뒤늦게 사기 일쑤였다. 부모님은 왜 이렇게 사오라는 문제집이 많느냐고 불평했다. 오빠는 과외도 시켜줬지만, 오빠와 비교하는 말이라도 꺼내면 집안의 기둥과 출가외인이 같냐며 불호령이 떨어졌다.

한별에게는 관심이 없는 부모님을 보며 집을 벗어나 다른 곳에서 살고 싶다는 마음이 들었다. 다른 지역에 있는 대학교를 다니다가 졸업을 하고 그 지역에서 취직을 하면 부모님과 적정 거리를 유지할 수 있어서 지금보다 더 나은 관계가 될지도 모른다는 희망을 품기도 했다.

그러나 한별에게는 집을 벗어난다는 선택지 자체가 존재하지 않았다. 오빠보다 좋은 대학교에 가면 안 됐고, 여자애라서 집을 벗어나 타지로 갈 수도 없었다. 그 사실을 수능을 보고 나서 안 게 다행이었다. 안 그러면 좌절해서 공부에서 손을 놓고 있다가 부모님에게 떠밀려 고졸로 취업했을지도 모른다.

이런저런 이유로 학교는 집을 벗어날 수 있다는 것만으로도 괜찮은 휴식처이기도 했다. 한별에게는 그런 의미를 지니는 학교가 물속 세계의 배경이라니, 꿈꾸는 자도 한별처럼 학교가 휴식처였던 걸까.

학교 건물은 이상할 정도로 컸으나, 안으로 들어가니 일반 학교와 다를 게 없었다. 학생들은 각자 자신의 반으로 들어갔다. 복도에 서서 창문으로 들여다보자 한 명 한 명 들어간 학생들이 슬라임처럼 한 덩어리가 되어 있었다. 이상한 광경에 한별은 저도 모르게 뒷걸음질을 쳤다. 다른 교실 안도 마찬가지였다. 선생님과 학생의 구분 없이 반의 구성원 모두가 하나의 덩어리였다. 운동장에는 초록색 덩어리가 있었는데 초록색 체육복을 입고 달려가던 학생들인 것 같았다.

학생들 혹은 덩어리가 자신을 인식하지 않는다는 걸 알면서도 언제 덮쳐질지 모른다는 생각에 겁이 났다. 하지만 위급한 순간이라도 해원을 부르면 언제든지 나타날 거란 생각 덕분에 버틸 수 있었다. 한별은 손에 난 땀을 바지에 문지르고 꿈꾸는 자를 찾기 위해 학교를 구석구석 둘러보았다.

교무실, 보건실, 옥상, 급식실 등 다 둘러봤지만 어디에도 없었다. 꿈꾸는 자가 학교 안에 있을 거라 확신했는데 이상했다. 다시 복도를 걸으며 교실 안을 유심히 살폈다. 그러나 어느새 하교 시간이 된 건지, 덩어리가 되었던 학생들은 다시 사람의 형상으로 돌아와 학교를 빠져나갔다. 어차피 곧 돌아올 테니 밖으로 나가는 대신 학교에 머무르기로 했다. 복도를 걷고 있는데 금방이라도 사라질 것처럼 흐릿한 학생이 눈에 들어왔다. 보는 순간 알았다. 저 학생이 이 세계를 꿈꾸고 있었다.

경험해본 세계는 하나뿐이었지만, 꿈꾸는 자의 존재를 인지하는 순간 세계는 조금 흐릿해지고 꿈꾸는 자는 조금 또렷해졌었다. 그러나 지금은 꿈꾸는 자를 찾았는데도 변화가 없었다. 흐릿한 모습 뒤로 물 밖 세상의 진짜 모습이 나타나지도 않았다. 한별은 망설이다가 말없이 꿈꾸는 자를 따라갔다.

다들 여러 명이 모여 하교할 때 꿈꾸는 자는 혼자였다. 이렇게 흐릿하니 누구도 알아볼 수 없을 것 같기도 했다. CG 처리가 잘못된 투명 인간 같기도 했다. 꿈꾸는 자는 땅만 보고 걸어갔다. 사람들은 꿈꾸는 자를 인지하는 것도 아니면서 자연스럽게 길을 터주었고, 꿈꾸는 자는 앞을 가로막는 사람 하나 없이 일정한 속도로 걸었다. 탄이의 세계에서 사람들이 아이를 위해 길을 터주는 것과 같은 모습이었지만 전혀 달랐다. 보이지 않는 장애물이 있는 것처럼 움직였다.

꿈꾸는 자는 다른 아이들처럼 패스트푸드점이나 코인 노래방, 스터디카페 등 어딘가로 가지 않고 망설임 없이 걸었다. 학교에서 멀어질수록 땅만 보던 고개가 들리고 발걸음도 씩씩해졌다.

꿈꾸는 자가 도착한 곳은 집이었다. 이걸 집이라고 부를 수 있는지 모르겠지만, 마음 편히 쉴 수 있는 장소가 집이라면 이곳은 집이었다. 벽도 지붕도 없는 대신 꽃이 벽처럼 주위를 둘러싸고, 가운데에는 커다란 나무가 그늘을 만들어주고 있었다. 아무도 자신을 보지 못하도록 학교에서 투명 인간이 되어 있던 것과는 반대로, 자신의 행복을 보라고, 이토록 즐겁고 행복한 자신을 보라고 모든 걸 개방한 것 같았다.

그늘에는 커다란 침대와 식탁이 있었는데 식탁 위에는 맛있는 음식들이 가득 차려져 있었다. 머리를 곱게 묶은 아주머니가 식탁 위의 빈자리에 그릇을 내려놓고, 안경을 쓴 아저씨가 수저를 두고 있었다.

"엄마! 아빠!"

꿈꾸는 자가 순식간에 선명해지며 생기를 내뿜었다. 눈동자는 반짝반짝 빛나고 이가 보일 정도로 환하게 웃었다. 남학생에게서 오로라가 발산되어 아주머니, 아저씨와 이어졌다. 별의 탄생을 보는 것처럼 경이롭고 신비로운 광경이었다. 학교에서 투명 인간처럼 있던 걸 떠올릴 수 없을 정도로 활기 넘치는 모습이었다.

"민성이 왔어? 딱 맞춰 왔네!"

"와! 다 내가 좋아하는 것들이잖아!"

"배고프지? 얼른 앉아."

"네!"

한별은 화목한 가정을 보며 순간 부러움과 질투를 느꼈고, 곧이어 부끄러워졌다. 너무 부끄러워서 자신도 모르게 달아나고 말았다. 슬라임의 형상을 한 사람들 사이에 멀거니 서서 한숨을 쉬었다. 민성이가 너무 힘들었으니 이런 꿈을 꾸고 있는 걸 텐데 단편적인 것만 보고 순간 감정이 올라왔다. 독립할 생각을 했으면서 가족에 얽매이는 스스로가 싫었다. 조금 더 단단해지고 싶었다.

민성은 어떨까. 왜 이런 꿈을 꾸고 있는 걸까. 학교생활도 힘든데 부모님과 화목하지 않은 걸 수도 있었다. 둘 다 행복해지는 꿈을 꾸는 걸 상상하지도 못해서 하나만 선택한 거라면 어쩌지. 만약에 민성이 물 밖으로 돌아가는 게 싫다고 하면, 소멸도 각오할 테니 이곳에 있는 게 더 행복하다고 하면 어떻게 해야 하는 걸까.

비슷한 일을 겪었다 하더라도 그걸 어떻게 받아들이는지는 사람마다 다를 것이었다. 그래도…… 한별은 죽고 싶었던 과거를 뒤로하고 나아가기로 결심했고, 민성의 가족을 보고 부러움과 질투를 느꼈으나 이내 부끄러워졌다는 걸 솔직하게 받아들였다. 그래서 민성에게 한별 자신의 이야기를 하고 싶다는 생각이 들었다. 흔들거리더라도 나아갈 거라는 결심을 하게 된 사연을 들려주고 민성 또한 그럴 수 있다고 말한다면, 민성도 다시 생각할 수 있지 않을까?

언제 어떻게 말할지 고민하며 민성을 따라다니는 사이, 도망치거나 숨 돌릴 수 없는 공간에서 아무도 자신을 알아보지 못하도록 투명 인간이 되는 것과, 부모님과 같이 맛있는 식사를 하는 것이 민성의 꿈이라는 걸 알 수 있었다.

한별은 민성과 민성의 부모님이 보이는 곳에 서서 세 사람을 바라봤다. 민성의 엄마는 생선 살을 발라 민성의 밥 위에 올려주었고, 민성의 아빠는 물을 따라주고 있었다. 민성은 아기 새처럼 엄마가 주는 반찬들을 맛있게 먹고, 아빠가 따라준 물을 마셨다. 그 많던 음식들이 남김없이 사라졌다. 그러고도 부족했는지 민성의 엄마는 민성을 옆에 앉혀두고 사과를 깎았다. 토끼 모양으로 예쁘게 깎아서 포크로 찍어 민성에게 건네자, 민성은 얼른 먹고 새로 사과를 찍어 엄마에게 먹여주었다. 서로가 서로를 생각하고 챙기는 모습이었다. 그러는 동안 민성의 아빠는 설거지를 했다. 민성은 사과를 주방으로 들고 가 아빠의 입에 물려주었다.

민성의 엄마와 아빠는 바닥에, 민성은 소파에 앉아 예능 프로그램을 봤다. 민성은 엄마의 어깨를, 아빠는 엄마의 다리를 주무르면서 웃었다. 웃음은 크고 시원했고, 그럴 때마다 오로라가 경쾌하게 일렁거렸다. 처마 밑에서 풍경이 딸랑딸랑 흔들리는 것 같기도 했고, 청보리밭이 바람결에 초록색 물결을 만드는 것처럼 보이기도 했으며 파도가 바위에 부서지는 것 같기도 했다.

아름다웠다. 행복이 실체화되어 춤을 추는 것처럼 보였다. 민성은 행복을 바라고 있었다. 비싼 운동화, 유명 셰프가 만든 요리, 활발한 친구들, 높은 성적, 뛰어난 운동신경…… 그런 게 아니라 그저 부모님과 함께 집에서 맛있는 걸 먹고 웃고 떠드는 사소하고 일상적인 행복이었다.

"아이고, 시원해라. 우리 아들이 최고네."

"여보, 나는?"

"당신도 최고지!"

깔깔거리는 웃음 사이로 민성이 조심스럽게 입을 열었다.

"엄마, 아빠. 나 할 말 있어."

"뭔데?"

"실은…… 학교에서 너무 힘들어. 너무너무 힘들어서 학교 가기 싫어."

그러자 민성의 엄마가 소파 위로 올라가 민성의 얼굴을 똑바로 바라봤다. 민성은 입술을 앙다물고 애써 웃으려 노력했지만, 눈물이 뚝뚝 떨어졌다.

"애들이 자꾸만 괴롭혀. 책도 사라지고 사물함도 뒤져. 나만 보면 낄낄거려. 이유를 물어봐도 그냥 장난친 거래. 장난하지 말아달라고 부탁하면 친구끼리 유난 떨지 말래. 내가 뭘 잘못했는지 알려주면 사과하고 고칠 건데, 그냥, 그냥이래. 나는 이렇게 괴로운데……."

"네 잘못은 하나도 없어. 괴롭히는 사람이 잘못한 거야."

민성의 아빠가 민성의 무릎에 있는 손을 잡고 단호하게 말했다. 민성은 그 말을 듣고 다행이라는 듯 웃었으나, 그 웃음은 곧 일그러졌다.

"학교 가기 싫어……."

민성의 엄마는 민성을 끌어안고 등을 토닥여주었다.

"그래. 가지 말자. 내일은 학교 가지 말고 엄마랑 놀러 가자. 어디로 갈까. 놀이동산 갈까? 아니면 바다 보러 갈까? 영화관? 또 뭐가 있지?"

"진짜? 나 안 가도 돼?"

"우리 아들이 훨씬 더 중요해! 뭐 하고 싶어?"

"바다 보고 싶어."

"아예 오늘 일찍 자고 새벽에 출발해서 내일 해 뜨는 거 볼까? 엄청 멋있을 거야."

민성의 부모님은 누가, 어떻게 괴롭혔는지 아무것도 묻지 않았지만 모든 걸 알았다는 듯, 다정하게 웃으며 민성의 마음을 어루만졌다. 민성이 더 많은 눈물을 흘리며 엄마 품에 안기자, 몸이 점점 더 작아지더니 엄마 품에 쏙 들어가는 어린아이가 되었다. 민성의 엄마가 작아진 민성을 끌어안는 사이 민성의 아빠가 바닥에 이불을 깔았다. 부모님은 민성을 가운데에 두고 같이 누웠다. 민성은 엄마의 팔을 베고 순한 얼굴을 하고 있었다. 엄마는 자장가를 불렀고, 아빠는 민성의 배를 토닥였다. 집 주변에서 일렁거리던 오로라는 민성을 중심으로 모빌처럼 천천히 돌았다. 민성의 부모님도 어느새 곤히 잠이 들었다.

그러자 오로라가 멈추더니 세 사람의 몸속으로 스며들었다. 어린아이였던 민성이 점점 커지며 본래의 모습으로 돌아와 눈을 떴다. 민성은 피곤한 기색으로 잠든 부모님을 내려다보다가 고개를 푹 숙인 채 집을 나섰다.

한별은 민성을 따라갔다. 민성이 고개를 숙인 채 걷는 동안 교복을 입은 남학생들이 여기저기 인사를 하며 걷고 있었다. 혼자 가는 학생이 아무도 없었다. 혼자 가다가도 친구를 만나 이름을 부르고 손짓을 하며 서로를 반겼다. 이 세계에서 혼자인 사람은 민성뿐이었다.

학교에서는 괴롭힘을 당하지 않고, 부모님께 괴롭다고 토로하는 게 민성이 원하는 일이었나 보다. 싸워서 이기거나 복수를 하는 게 아니라 그저 가족에게 솔직하게 말하고, 위로받고, 바다 보러 가고 싶다고 말하는 게 원하는 거였나 보다. 그러나 이곳에서는 하루가 반복되기 때문에 민성은 엄마, 아빠와 함께 바다를, 바다 위에서 떠오르는 해를 볼 수 없었다.

민성의 하루는 단조롭고 매우 규칙적이었다. 집에서 나와 얼굴을 숙인 채 학교까지 일직선으로 쭉 걸어간다. 여기저기에서 서로를 반기는 아이들 사이를 걸어 교실로 들어가 창가 쪽 제일 뒷자리에 앉는다. 아이들이 한 덩어리가 되어 와글와글거릴 때 혼자 자리에 앉아 가만히 있는다. 급식실도 혼자 가고 운동장도 혼자 간다. 덩어리들은 커다란 몸으로도 아무렇지 않게 민성을 피해 지나갔다.

피할 수 없을 때는 덩어리가 벌어지며 민성이 지나갈 공간을 만들어주기까지 했다.

민성은 내내 얼굴을 들지 않았다. 목이 점점 길어져서 얼굴이 바닥으로 박히거나, 몸이 둥글게 말려 공이 되지 않을까 걱정될 정도였다. 그러다가 집으로 가면, 집에서 부모님을 보면 평온해지고 안정감을 느끼는 듯했다. 환하게 웃는 얼굴이 아려서, 그러다가 부모님께 괴롭힘을 털어놓고 위로받으며 흘리는 눈물이 가슴에 박혀서 한별은 어떻게 해야 할지 망설여졌다.

민성의 바람은 무해하고 소소했다. 물 밖에서 겪은 일들에서 벗어나기를 바라고 바라다가 변하는 게 없어 결국 체념하게 되었고, 그 상황이 지속되자 원하는 꿈이 작아진 것 같았다. 다른 사람에게 피해를 주지 않는, 꾹꾹 눌린 소원. 민성은 본디 착하고 얌전한 아이였겠지. 그러나 어떻게 해야 할지 몰라서 자신이 처한 상황에 매몰된 것 같았다.

돌아가고 싶어 하지 않으면 어떡하나 걱정이 들었으나, 민성은 부모님을 사랑했다. 부모님께 털어놓을 때, 그들이 왜 그동안 아무 말도 하지 않았는지 혹은 왜 대항하지 못했는지 따지거나 혼내는 대신 민성의 편을 드는 걸 보면 이곳에서 일어나는 모든 일들이 민성의 바람은 아닐까 의구심이 들긴 했다. 그러나 민성의 부모님이 식사를 준비하고 뒷정리까지 하는 자연스러운 모습을 보며 원래 다정다감하며 민성을 무척이나 사랑하는 분들이라는 걸 알 수 있었다.

한별은 계속 고민하고 생각하면서 민성의 외로움과 괴로움, 즐거움과 행복을 지켜보았다. 저렇게 가족을 사랑하는데 물 밖으로 돌아가는 게 나을 것 같다가도, 저런 부모님을 뒤로하고 사라지고 싶어 했다면 정말 사라지게 두는 게 민성을 위한 길이 아닐까 하는 생각이 들기도 했다.

돌아가도 달라질 게 없다면 괴롭힘을 당하지도 않고 부모님의 사랑을 받는 이곳에 있는 게 나을 수도 있었지만, 실은 물 밖에서 부모님에게 아무 말도 하지 못한 채 이곳에 왔고, 자신의 편이 되어줄 가족을 두고 온 게 마음에 남아 계속 이런 하루를 반복하고 있는 건 아닌지 생각하게 됐다.

그러나 정말, 민성이 돌아가는 걸 원하지 않는다면? 지쳐서 쉬고 싶다고 하면 어떻게 해야 하지? 한별은 숨을 크게 들이마시고 작게 속삭였다.

"해원님."

해원을 부르자, 해원은 한별 옆에 나타나서 엄마의 어깨를 주무르고 있는 민성을 바라봤다.

"민성이 물 밖으로 돌아가면 행복해질까요?"

"모른다. 인간은 다채로워서 변화를 짐작하기가 쉽지 않아."

"그럼 여기 있는 게 더 나은 거 아닌가요? 이곳은 정해진 행복이잖아요."

"이곳에서 꾸는 꿈은 허상이다. 아무리 희로애락을 느껴도…… 진실한 건 모두 물 밖에 있다."

한별은 해원의 말을 듣고 침묵했다. 이곳에서 느끼는 행복은 모두 허상이었다. 물속 세계가 붕괴된다면 영혼이 소멸될 것이고, 물 밖으로 돌아간다면 모두 없어질 것들이었다.

이곳은 돌이킬 수 없는 과거를 붙잡아 다시 선택하는 세계이면서도, 바꿀 수 없는, 덧없는 꿈이기도 했다.

"여기에 남아봤자 악의에 물들어 삿된 것이 되겠지. 세계를 봉인한 후에는 소멸될 테고. 그리고 한별, 너는 나와

이 망할 세계에서 우리는

약속하지 않았느냐."

한별은 부끄러웠다. 나아갈 수 있다는 걸 믿으면서도 수시로 흔들렸다. 말과 행동이 계속 달라지고, 영향을 받고, 움츠러들고, 가라앉고, 흩날린다. 단단한 사람이면 좋았을 텐데. 하루가 반복되고 있지만, 어렵고 괴로운 현실보다 허상일지라도 여기 있으면 결국 행복해지니 남아 있는 게 더 좋을 것 같다는 생각을 자꾸만 하게 된다. 사랑받고 자랐으면 달랐을까. 가족의 지지 속에서 자랐으면 어땠을까. 또 부질없는 생각을 하게 된다.

해원을 마주 볼 수 없었다. 나약하고 뿌리 없는 사람이라는 걸 들킨 것 같았다. 그때였다. 해원이 한별의 손을 잡았다. 화들짝 놀라서 고개를 드니 해원이 또렷하게 한별을 바라보고 있었다. 해원이 한별을 향해 한 발자국 걸음을 내딛자, 한별과 해원이 있던 공간이 순식간에 달라졌다. 지난번에 왔었던 물 위였다.

와본 적 있는 공간이었기에 겁 대신 호기심이 찾아왔다. 주위를 둘러봐도 끝이 보이지 않았다. 이곳이 아주 넓은 건지, 저 너머로 공간 자체가 존재하지 않는 건지 알 수 없었다. 그래도 무섭지 않았다. 옆에 해원이 있었으니까.

위를 올려다봤다. 전에 봤을 때는 빛들이 아름답기만 했는데 이번에는 이상한 기분이 들었다. 발밑에 아무것도 없는 것도 같았고, 무언가가 한별의 위로 끝없이 떨어지는 것 같기도 했다. 그런데도 시선을 뗄 수 없었다. 무언가에 홀린 것 같았다.

한별은 저도 모르게 해원의 손을 강하게 잡았다. 해원은 한별을 끌어당기는 대신 한별의 얼굴을 손으로 감싸고 살며시 아래로 내렸다. 그 손길에 겨우 얼굴을 내릴 수 있었다.

그러자 아름다우면서도 무서웠던 위보다 더 마음을 끌어당기는 해원이 눈앞에 있었다. 해원의 눈동자를 바라보고서야 위에 있던 빛들이 별이 아니라는 걸 알았다. 저렇게 불길한 빛을 별이라고 부를 수 없었다. 별은 오히려 눈앞에 있는 해원이었다. 온 세상이 어두운데 해원만 선명했다.

"저 위를 오래 보면 안 된다."

"왜, 왜요?"

"이곳이 붕괴하고 있다는 흔적들이다. 부서진 틈을 타고 악의가 흘러들어 오지. 그게 모여 샷된 것이 된다."

악의. 반사적으로 얼굴을 들 뻔했으나 해원이 한별의 얼굴을 잡고 있어서 멈출 수 있었다. 한별과 해원은 서로 만을 바라봤다.

"나는…… 이 물속에서 아주 많은 시간을 보냈다. 나 홀로, 아주 오랫동안."

고요한 공간 속에서 해원의 목소리가 선명하게 귀에 박혔다. 용이라는 존재에서 뿜어져 나오던 신성함과 위엄은 사라지고 연약하고 사그라질 것 같은 해원이 나지막하게 말하고 있었다.

"내게는 위로 오라버니만 아홉이 있었다. 오라버니들은 막내이자 하나밖에 없는 여동생을 아주 많이 귀애하고 살뜰히 아껴주셨지. 혼란스럽고 악의가 싹트는 세상에 나를 두기 불안하다며, 안온하고 평화로운 물속 세계를 따로 만들어주셨어."

발아래에서 형형색색의 꽃이 활짝 핀 정원과 자유롭게 날아다니는 벌과 나비가 환상처럼 펼쳐졌다. 한쪽에는 과실이 잔뜩 열린 나무가 있고 다른 쪽에는 멋들어지게 늘어진 버드나무가 있었다. 무지개다리 아래로 나룻배가 지나가고, 또 다른 강에서는 별빛이 흘렀으며, 작은 연못에서는 연녹빛 차가 퐁퐁 샘솟고 있었다.

"물 밖의 어지러움이나 삿된 것들은 접근도 하지 못하는 이곳에서 언제나 행복했다. 불행, 더러움, 혐오, 경멸, 슬픔, 분노……. 맑은 물을 오염시킬 무언가는 하나도 없는 곳에서 보호받으며 자라났지. 오라버니들은 세상을 바로잡기 위해 물 밖에서 바삐 지냈지만, 틈만 나면 이곳에 방문해 온갖 선물을 주며 나를 기쁘게 했다."

으리으리한 한옥 안에는 금으로 만든 송아지, 금실로 수놓은 나비 옷, 새벽빛을 내는 모란, 두 주먹을 합친 것보다 더 큰 복숭아, 어둠을 살라 먹을 검 등, 하나라도 가지게 된다면 인생을 바꿀 수 있을 것만 같은 귀한 것들이 여기저기 아무렇지 않게 널려 있었다.

머나먼 과거 속을 지금보다 작고 귀여운 해원이 걷고 있었다. 무언가를 찾는지 여기저기 헤집기만 하고 정리를 하지 않아 엉망이 되고 있었다. 그래도 결국 못 찾았는지 심통이 난 표정을 하고 대청에 앉아 있다가, 물 밖에서 천천히 내려오는 용을 보고 환하게 웃으며 달려가 손을 뻗었다. 그러자 용이 사람 모습으로 변하더니 해원을 단숨에 끌어안고 빙글빙글 돌렸다.

"도 오라버니! 너무 오랜만이잖아요!"

"미안하다, 원아. 그래도 선물을 가져왔으니 용서해주련?"

"무슨 선물인지 보고요! 참, 제가 안 오라버니가 준 금호랑이를 찾고 있는데 보이지 않아서 속상했어요. 같이 놀려고 했는데!"

도는 해원을 자신의 발 위에 올려놓고 아장아장 걸었다. 해원은 무슨 할 말이 그리 많은지 두 눈을 반짝거리며 쉴 새 없이 입술을 움직이고 있었다. 도는 해원의 말을 허투루 듣지 않고 하나하나 답해주었다. 그렇게 걷다가 해원을 대청 위에 올려두고 허공에서 무언가를 꺼냈다. 연한 복숭앗빛 비단옷이었다. 잠자리 날개처럼 얇고 가벼운 천으로 겹겹이 싸여 있어 한 송이 꽃을 보는 듯했다. 도는 그걸 해원에게 둘러보더니 보기만 해도 어여쁜지 크게 웃었다.

"원에게 아주 잘 어울리네. 갈아입고 나와보련? 이따가 애도 온다고 하더구나. 애에게 이 오라버니가 준 꼬까옷 입은 걸 보여줘야지."

"오늘은 오래 있는 거예요?"

"그럼. 오래 있으려고 아주 바쁘게 일했는걸."

오랫동안 같이 있을 수 있는 게 기쁜지 해원의 얼굴이 활짝 핀 꽃 같았다. 잠시라도 떨어져 있기 싫었는지 부리나케 안으로 들어가 옷을 갈아입는다고 요란을 떨었다. 도는 그런 해원이 못내 귀여운지 한껏 웃고 있었다. 하늘에서 또 다른 용이 내려와 검은 옷을 입은 인간으로 변했다. 살기가 어린 얼굴로 커다란 검을 등에 메고 있는 게 무섭기 짝이 없었으나, 복숭앗빛 옷을 입은 해원이 문을 열고 나오자 헤벌쭉 웃었다.

"애 오라버니!"

"아이고, 아이고, 원아, 다친다. 뛰지 마라. 아이고!"

해원이 뛰는 게 불안한지 애는 한달음에 달려가 해원을 끌어안았다. 애의 몸이 어찌나 큰지 해원은 애의 한쪽 팔에 안겨 목을 끌어안았다. 용들은 복숭아나무 아래에 앉아 연못에서 샘솟은 차를 마시고 복숭아를 똑똑 따먹으며 웃고 떠들었다. 해원은 조금 전 애에게 받은 날이 없는 쌍검을 들고 도가 연주하는 금의 가락에 맞춰 치맛자락을 흩날리며 검무를 췄다. 어디선가 나타난 금 호랑이가 해원을 따라 폴짝폴짝 뛰며 흥을 돋웠다.

한별의 입가에는 웃음이 매달려 있었다. 저런 곳을 무릉도원이라고 하는 걸까. 보기만 해도 마음이 따스해지는 행복이었다. 악의가 들어오는 틈을 봤던 충격은 흔적도 없이 사라졌다.

"오라버니들이 이곳에 방문하는 간격이 점점 길어지더니 어느 순간 첫째 오라버니부터 막내 오라버니까지 모두 오지 않게 됐어. 처음에는 오라버니들이 해결해야 할 일이 너무 많아서, 혹은 또 많은 일을 처리하고 나와 오랜 시간을 보내기 위해서 바쁜가 보다 생각했지. 오랜만에 모두 모일 수 있는 걸까 기대도 했다.

그러나 시간이 아주 많이 흘러도 오라버니들이 오지 않았어. 오라버니들이 날 아주 많이 귀애해서 버림받았다는 생각은 들지 않았다. 그저 걱정할 뿐이었지. 나는 이곳을 나갈 생각을 하지 못하고 오라버니들이 오기만 기다렸어. 물 밖은 아주 위험하고 무서운 곳이라고 했으니까.

시간이 흘러 용이 인간들에게 잊혀 사라진 존재가 된 줄도 모르고."

해원은 마지막 말을 아주 작게 속삭였다. 집중하지 않았으면 놓쳤을지도 모를 말이었다. 그러나 한별은 머리끝

에서부터 맞잡은 손가락 끝까지 모두 해원에게 집중하고
있었다. 그래서 마지막 말을 듣는 순간 반사적으로 해원
이 사라지지 못하도록 꽉 잡고 말았다. 해원은 한별의 손
을 맞잡으며 희미하게 웃었다. 수면 아래에서 보던 행복
한 웃음과는 달랐지만, 그래도 웃으니 다행이라는 생각이
들었다.

"그러다가 인간이 이곳에 하나둘 들어오기 시작했다.
원래 인간이 들어오지 못하는 곳인데도 이상함을 느끼지
못하고, 혼자가 아니라는 사실에 기뻐하며 반겨주었지.
그들과 함께 뱃놀이를 즐기고 차를 마시고 노래를 부르고
맛난 걸 먹었어."

물에 비치는 해원은 오라버니들과 있을 때와는 달랐지
만, 그래도 사람들을 보며 웃고 있었다. 사람들은 해원의
존재를 느끼며 해원을 정중하게 대했다. 그러나 대부분의
사람들은 해원을 보자마자 바닥에 엎드려서 벌벌 떨었다.
사람들과 섞이고 싶어도 섞일 수가 없었다. 해원은 한쪽
으로 비켜나 사람들이 떠드는 소리에 귀 기울이고 그들이
춤을 추는 모습을 보며 차를 마셨다. 그 모습이 쓸쓸해 보
여서 한별은 저도 모르게 해원의 손등을 손가락으로 어루

만졌다.

"어떤 이들은 물 밖으로 되돌아갔고 어떤 이들은 이곳에 머물렀어. 아무래도 상관없었다. 그저 외롭지 않아서 좋았지. 그러나 그들이 점점 고여 썩어버릴 줄은 나도, 그들도 몰랐어."

그 말을 들으니 모든 색을 빼앗긴 세계가 떠올랐다.

"아름답고 행복한 추억이 가득한 이곳이 엉망이 되었을 때에야 무언가 잘못됐다는 걸 깨달았다. 이곳에 있는 사람들은 나에게 어떻게든 해달라고 울며 매달리거나 화를 냈으나 나는 아무것도 하지 않았다. 아니, 할 수 없었지. 이곳이 오염되기 시작했다는 건 물 밖에서 문제가 생겼단 뜻인데, 믿을 수가 없었어. 오라버니들이 물 밖 세계를 지키기 위해 노력하고 있는데 어떻게 된 건지 몰랐지. 나는 너무나도 무지하고 어리석었다.

이곳에서 오라버니들이 주는 사랑만 받으며 행복했었으니까. 힘든 일, 어려운 일은 모두 오라버니들이 처리했으니 할 줄 아는 게 없었던 거야. 나에게 애원하는 사람들을 피해 도망가고 싶었어. 아무도 없는 곳으로 사라지고 싶었어. 그러나 이곳에서 쭉 지낸 내가 어디로 갈까. 세상

밖이 무서워서 오라버니들을 찾으러 물 밖으로 나가지도
못한 내가."

해원은 한별의 손을 놓고 머리카락을 손으로 빗고 치맛
자락을 정돈한 후 바르게 서서 한별을 바라봤다. 수면 아
래에서는 슬픔과 고통과 아픔을 모르던 해원이 흐드러지
게 핀 매화 아래에서 오라버니들에게 보여줄 춤을 연습하
고 있었다. 발끝을 세워 땅을 딛고 손가락을 세워 옷자락
을 흩날리며 치마로 꽃을 만들듯 빙그르르 돌았다. 시간
을 되감을 듯 돌고 도는 어린 해원 위로 웃는 법을 잊어버
린 해원이 서 있었다.

"그러나 나 또한 용. 정신을 차린 후에 있는 힘을 다해
이곳에 있는 이들을 원래 있어야 할 곳으로 보냈으나, 세
계가 깨지기 시작한 후에는 이곳의 붕괴를 막는 것만으로
도 벅찼다. 그저 남아 있는 이들이 조금이라도 더 버틸 수
있게 하는 것밖에는 할 수 있는 게 없었지. 그런데 한별,
네가 온 거야."

해원은 수면 아래의 해원과는 비교할 수 없을 만큼 깊
어진 눈으로 한별을 담았다. 과거를 보여줬던 수면에 해
원과 한별을 중심으로 파동이 생기며 이 공간에 오로지

한별과 해원만 존재하게 되었다.

"너만이 이 세계에서 유일한 진실이야. 흔들리고 불안하더라도, 그 모든 걸 이겨내고 나를 도와줄 수 있는 유일한 존재."

촉촉이 젖어서 흔들리는 눈동자가 보였다. 눈물이 아니라 웃는 걸 보고 싶다는 생각이 들었다. 오라버니들과 있을 때처럼 환하고 어여쁘게 웃었으면 했다. 한별은 잠긴 목을 가다듬고 자신의 진심이 전해지기를 바랐다.

"혼자서 애쓰느라 고생했어요. 해원님은 정말 대단해요."

"……그렇게 말하지 마. 나는 너무 늦어버린, 어리석은 용일 뿐이야."

"해원님이 나에게 말했잖아요. 흔들리고 불안하더라도, 그 모든 걸 이겨내고 해원님을 도와줄 수 있는 유일한 진실이라고요. 제게는 해원님도 그렇게 보여요. 늦었어도, 도망치고 싶었어도 결국 지금까지 노력해왔잖아요. 오라버니들의 뜻을 이어받아 세계를 지키기 위해 열심히 노력했잖아요."

"나는……."

해원이 눈을 감자 눈물이 해원의 볼을 타고 흘러내렸다. 행복한 기억이 가득했던 곳이 무너지는 것을 지켜보고만 있어야 하는 이의 마음은 어떨까. 사랑하는 가족의 끝이 어땠는지 알지도 못하는 이의 슬픔은 얼마나 깊을까. 그러면서도 자신의 의무를 지키려 노력하는 모습이 얼마나 아름다운지, 해원은 알까.

한별은 손을 뻗어 해원의 눈물을 닦아주었다. 그러고는 엄마가 자신에게 해주길 바란 것처럼, 탄이의 행복을 바랐던 것처럼, 민성의 부모님이 민성을 안고 마음 깊이 위로하는 것처럼 끌어안았다. 세계가 붕괴할수록 자신을 알아보는 이도 없이 홀로 버텼을 해원이 안쓰러웠다.

"이제 흔들리지 않고 남은 이들을 열심히 찾을게요. 해원님은 혼자가 아니에요."

"한별……."

그 말을 들은 해원은 조심스럽게 한별을 끌어안았다. 해원에게서는 고민이나 걱정을 흘려보낼 수 있을 듯한 청량한 물 내음이 났다.

"다들 보내고 나면 해원은 어떻게 할 거예요?"

"용의 의무를 다해야지."

이 망할 세계에서 우리는

무언가 더 말해주길 기다렸으나 그 말만 하고 입을 열지 않았다. 도대체 용의 의무라는 게 뭔지 알 수 없어 답답했으나, 더 묻거나 재촉하지 않았다. 그저 막연히 자신의 행복과 해원의 행복에 대해 생각했다.

한별이 더 이상 흔들리지 않겠다고 말한 만큼, 해원도 한별에게 재촉하지 않을 테니 돌려보내고 싶어질 때 자신을 불러달라고 했다. 한별은 해원의 믿음을 받으며 학교에서 집으로 돌아오는 민성의 앞에 섰다.

민성은 누가 자신의 앞을 막고 있다는 걸 눈치채지 못한 채 땅을 보며 걷다가 한별과 부딪치고 나서야 얼굴을 들었다. 그 사이에 한별과 민성의 접촉으로 인해 세계가 한 번 흔들렸으나, 민성은 민성 자신의 모습으로 이곳에 존재했기 때문에 큰 차이는 없었다. 그래도 뭔가 이상한 걸 느꼈는지 민성이 갸웃거렸다.

"안녕. 우리 잠깐 이야기 좀 하자. 저기로 갈까?"

한별은 민성이 계속 지나다녔지만 한 번도 들어가지 않은 분식집을 가리켰다. 지금도 학생들은 분식집 안으로 들어가거나, 그 앞에 서서 어묵이나 떡볶이를 먹고 있었다. 민성은 고개를 내저었다. 한별이 코인노래방과 패스트푸드점을 차례대로 가리켰으나 민성의 고개는 여전히 좌우로 흔들렸다. 이곳은 민성이 만들어낸 세계라 다른 곳으로 가고 싶어도 마땅한 곳이 없었다. 하는 수 없이 두 사람은 집을 향해 걸어가며 대화하기로 했다.

그러나 무슨 말을 하고 싶어도 한별과 민성의 거리가 좁혀지지 않았다. 한별이 가까이 가려고 하면 민성이 거리를 벌리고, 그러면 지나가는 사람들이 민성을 피해 갈라져서 한별의 진로를 방해했다. 한별은 멀어져가는 민성을 향해 크게 말했다.

"엄마, 아빠를 만나고 싶지 않아?"

민성은 그 말을 듣자마자 걸음을 멈추고 한별을 바라봤다. 그러자 주변에 있던 학생들 모두 한별을 바라봤다. 이목구비가 하나도 없는, 매끈한 얼굴이었지만 피부를 찌르는 듯한 시선이 느껴졌다. 눈도 없는데 선명하게 느껴지는 시선에 온몸이 뻣뻣하게 굳었다. 민성은 귀신처럼 가만히 서서 얼굴을 숙인 채 눈으로만 한별을 올려다봤다. 공포영화를 즐겨 보는 한별이었지만 막상 눈앞에서 이런 일이 벌어지니 비명도 나오지 않았다.

건물이나 사람의 존재가 흐릿하거나 뿌옇게 변하긴 했어도 이렇게 된 건 처음이었다. 모든 게 민성에게 고통이었던 걸까. 무섭고 떨렸지만 해원에게 약속한 일을 해야 했다. 게다가 부르면 언제든지 해원이 올 거야. 나를 구해줄 거야. 이렇게 생각하니까 조금씩 긴장이 풀렸다.

"여긴 현실이 아니야. 저 사람들은 너를 괴롭힐 수 없어. 다, 다 허상이라고."

민성이 주위를 둘러봤다. 한 명 한 명 존재했던 사람들은 어느새 인간의 형상을 한 물이 되었다. 탁한 빛의 물 안에서는 속이 뒤틀린 것처럼 물거품이 거세게 일렁거리고 있었다. 누가 봐도 비현실적인 모습인데도 민성은 아무 말도 하지 않은 채 한별만을 바라봤다. 탄이의 세계에서 겪은 것과는 전혀 다른 반응에 당황스러웠지만, 자신이 티를 내면 더 큰일이 생길지도 모른다는 걱정에 애써 웃었다.

"봐. 다 진짜가 아니잖아."

"알고 있어요."

"응?"

"여기가 진짜가 아니라는 거, 알고 있었다고요. 그래서요? 뭐 어쩌라고요?"

이것이야말로 예상하지 못한 일이었다. 여기가 가짜라는 걸 인지하고 있었다고? 처음에 해원이 사람들과 어울릴 때 그들은 이곳이 물 밖과는 또 다른 세계라는 사실을 알고 있다고 했었고, 해원이 사람들과 따로 지내기 시작한 뒤 그들은 자신들이 후회했던 기억을 바탕으로 원하는 삶을 살아간다고 했다. 여기가 어딘지 깨달은 자들은 즐겁게 놀다가 자연스럽게 되돌아간다고 했었는데…….

"돌아가고 싶었는데 가지 못한 거야?"

"가고 싶지 않아요. 여기 있을래요."

"여기 있으면 안 돼. 이곳은 곧 붕괴할 거야."

"상관없어요. 어차피 죽으려고 했으니까."

민성이 차라리 화를 내거나 울었으면 좋았을 텐데, 아주 일상적인 어조였다. 한별은 민성이 자신의 선택을 후회해서 이런 세계를 만든 줄 알았다. 착하고 여린 아이라서, 누구에게도 복수하지 않고 조용히 학교를 다녀와서 부모님께 어리광부리다 털어놓고 위로받는 줄 알았다.

"전 그냥 조용하게 있다가 사라질 거예요."

주위가 일렁거리더니 학생들이 모두 물거품으로 변해

사라지고, 공간이 접힌 것처럼 바로 앞에 민성의 부모님이 나타났다. 모든 것이 사라졌어도 민성의 엄마와 아빠는 선명했다. 정확히 말하면 물속에 있을 때 위에서 환한 빛이 쏟아진 것처럼 따뜻하고 밝았으며, 그 빛에 끌어안겨진 느낌이었다.

민성의 부모님은 테이블에 앉아 커피를 마시며 책을 보고 있었다. 민성의 엄마가 콧노래를 부르자 바람이 쏴아아 불었고, 그에 맞춰 민성의 아빠가 노래를 부르자 실로폰처럼 맑고 청량한 소리가 뒤따랐다. 민성이 원하는 가족은 어떤 모습일까. 민성의 부모님은 민성의 상황 따위는 전혀 모르겠다는 듯이 안온함 속에서 여유를 즐기고 있었다. 이런 모습도 민성이 원하는 걸 텐데.

"물 밖에 있는 부모님보다 여기에 있는 부모님이 더 좋아? 이곳의 부모님이 네게 더 잘해주는 거야?"

"아니요……. 엄마가 해주는 김치찌개 먹고 싶어요. 아빠가 끓여준 라면도. 여기서는 먹어도 먹어도 그 맛이 안 나더라고요. 근데…… 엄마, 아빠도 힘든데 나까지 힘들게 하고 싶지 않아요. 괴롭힘 당하느라 공부도 제대로 못 하고 뭐 하나 제대로 하는 것도 없는데 밥만 축내느니 빨리 사라지는 게 낫잖아요?"

너무너무 착해서, 본인보다 다른 사람을 먼저 생각하는 아이였다. 그러나 그 생각이 올바른가 따지면 그건 아니었다. 저렇게 자식을 사랑하는 부모님이, 자식을 잃고 괜찮을까?

"우리 엄마는 오빠가 좋아하는 음식은 알아도 내가 좋아하는 음식은 모를 거야. 문제집 살 돈을 제때 주지 않아서 선생님이 몰래 교사용 문제집을 챙겨주셨던 것도 모르겠지. 엄마는 오빠만 좋아했거든. 오빠처럼은 바라지도 않으니 아주 조금이라도 나를 아껴주길 바랐는데, 그런 건 없더라."

"누, 누나?"

"너의 부모님은 아니잖아. 너를 사랑한다며. 너는 네 부모님이 사라져도 괜찮아?"

"아니요!"

"그럼 네 부모님도 그렇지 않을까? 넌 너희 엄마, 아빠가 너를 밥만 축내는 사람으로 보는 것 같아? 정말 그래? 저 모습은, 널 위해서 요리를 하는 모습은 그냥 다 상상이야? 너도 엄마, 아빠한테 말하지 못한 걸 후회해서, 여기서라도 털어놓는 거 아니야?"

민성은 한별의 말을 듣고 부모님을 바라봤다. 시계를 확인하며 민성이 돌아오기 전에 따뜻한 식사를 차려주기 위해 부지런히 움직이고 있었다. 촉촉한 계란찜과 칼칼한 김치찌개와 간장불고기같이 민성이 좋아하는 음식들만 가득했다. 민성의 엄마는 웃으면서 요리를 하고, 민성의 아빠는 반찬을 그릇에 담고 있었다. 그러면서 시계와 현관문을 번갈아 바라봤다. 민성이 언제 오나 확인하는 모양새였다.

"맛있어 보인다. 다 네가 좋아하는 음식이지?"

"네……."

한별이 시원하게 웃었다. 그동안 아무에게도 말하지 않던 사실들을 모르는 사람에게 스스럼없이 말하게 될 줄 몰랐다. 스쳐 지나가는 인연이라는 생각에 담아뒀던 말을 쉽게 꺼낼 수 있는 걸까. 어쩌면 민성이 가진 슬픔과 아픔을 눈으로 봤기 때문일지도 모르겠다.

"나는…… 우리 엄마, 아빠는 내가 먼저 죽으면 많이 슬퍼할 것 같지 않아. 내가 아무리 노력해도 우리 엄마는 나를…… 나를 사랑하지 않거든. 아, 입 밖으로 꺼내니까 속

시원하네! 내가 무슨 짓을 해도 날 사랑하지 않으실 거야! 평생!"

"그…… 누나 엄마도 속으로는 안 그럴지도 몰라요."

"위로해줘서 고마워. 근데 표현 안 하면 모르는걸. 아들인 오빠에게 줄 사랑만으로 벅차서, 내게 줄 사랑이 없었던 것 같아. 이제 짝사랑은 그만할래. 그래도 네가 부러워. 네 부모님이 너를 엄청 사랑하잖아. 너도 부모님을 무척 사랑하고. 맞지?"

"네……. 저는 엄마, 아빠가 정말 좋아요. 절 아주 많이 사랑하고 아껴주세요."

"진짜 부럽다……. 나는 친구도 없어. 대학교 사람들은 나보고 꽃뱀이라나, 뭐라나. 아니, 들어봐."

한별은 아예 바닥에 철퍼덕 앉아서 민성에게 앉으라고 손짓을 했다. 민성은 주춤거리면서도 바닥에 앉아 한별의 말에 귀 기울였다. 한별에게도 한별만의 어려움과 슬픔이 있었다. 민성에게는 무슨 일이 있어도 믿어주고 응원해주는 부모님이 있었지만, 한별은 기댈 곳이 없었다. 그럼에도 불구하고 화내거나 울거나 짜증 내지 않고, 주어진 일을 하려고 노력했다. 마음이 강한 사람은 못 되었지만, 체념을 통해 단단해지긴 했으니까. 그래도 왜일까. 말하면서 가끔 눈물이 흐를 듯 눈동자가 촉촉해지거나 목이 잠기는 건. 이 상처는 언제쯤이면 새살이 돋아날까.

그래도 이렇게 털어놓으니 속이 시원했다. 나쁘다고, 밉다고 말하니까 기분이 좋아졌다. 물 밖으로 돌아가서 가족들과 대학교 사람들을 만나도 자신의 마음에 생채기 하나 나지 않을 것 같았다.

"누나는…… 괜찮아요?"

"안 괜찮은데 괜찮아. 집이고 학교고 다 싫어. 열심히 공부하고 돈도 모아서 편입할 거야. 그런 사람들 안 보고 살 거야. 도망간다고 생각해도 상관없어. 나만 생각할래. 여기서 만난 탄이라는 강아지가 있거든. 지금은 물 밖에서 날 기다리고 있어. 난 꼭, 꼭 행복해질 거야."

"누나, 대단해요. 그게 어떻게 돼요? 저는 너무 어려운데……. 전 왜 이럴까요?"

"그러지 마. 엄청 어려운 거 맞으니까. 나도 많이 좌절했어. 그래서 여기로 온 거고……. 그래도 행복해지고 싶으니까 노력할 거야. 너도 행복해지고 싶지 않아? 행복해지기 위한 방법을 찾으면서 지칠 수도 있지. 근데 지치면 잠시 쉬었다가 다시 노력하면 돼. 지금 여기서 좀 쉬었으니까, 다시 시작하자. 늦지 않았어. 돌아가면 네가 꿈만 꾸던 일을 실제로 할 수 있어. 엄마랑 아빠랑 같이 바다 보러 가야지."

민성은 어느새 울고 있었다. 민성의 눈물은 아래로 흐르는 게 아니라 위로 떠올라 민성의 부모님 주위에 있던 오로라에 방울방울 매달렸다. 물방울은 오로라에서 나오는 빛을 투과해 사방에 무지개를 만들었다. 한별과 민성은 고개를 쳐들고 쏟아지는 빛을 받았다. 열기가 없는데도 따뜻해지는 것 같았다.

"저도, 저도 저랑, 우리 엄마, 아빠만 생각할래요……. 저도 행복해지고 싶어요……. 그럴 수 있을까요? 너무 늦은 건 아닐까요?"

물어보는 민성의 목소리가 파르르 떨렸다.

"하나도 늦지 않았어. 너는…… 우리는 두 번째 기회를 얻었으니까. 그러니까 해보자. 잘하지 않아도 괜찮아. 그냥 해보자."

"두 번째 기회……."

민성은 자리에서 일어나 한별에게 손을 뻗었다. 한별이

손을 잡자 민성의 모습이 한층 뚜렷해지고 세상은 온통 무지개를 머금은 물방울로 가득 찼다.

"이곳에서 있었던 일 기억할 수 있어요?"

"잘 모르겠어. 그런데 너는 여기가 어딘지 알고 있으니까, 꿈을 꾼 것처럼 흐릿하게라도 남지 않을까?"

"꼭꼭 기억할 거니까 연락해주세요. 전화번호 바꾸지 않고 있을게요. 누나한테 연락 올 때까지 기다릴게요."

"알았어. 꼭 연락할게."

민성의 전화번호를 외운 후 해원을 불렀다. 위에서 아름답고 위엄 있는 용이 내려오더니 조심스럽게 손을 내밀었다. 민성은 해원의 손 위에 스스로 올라갔다. 체구는 작았지만 어깨를 쫙 펴고 허리를 세운 모습이 아주 당당해 보였다. 물거품이 바람결에 부딪히고 깨지고 다시 생겨나는 소리가 경쾌했다.

"누나, 우리 해봐요. 행복해져요."

한별은 웃으면서 손을 흔들고, 산산이 부서지는 물거품 사이를 지나 다른 세계로 넘어갔다.

벌써 탄이와 민성이를 물 밖 세상으로, 원래 있어야 할 곳으로 돌려보냈다. 이곳에 있는 게 더 행복하지 않을까 하는 의심은 온데간데없이 사라지고, 다른 존재들도 최대한 빨리 돌려보내고 싶었다. 그러나 모두 돌려보낸 후에 해원은 어떻게 되는 건지 알 수 없었다. 용의 의무를 다한다는 게 무슨 뜻일까.

해원이 있던 곳, 물만이 가득했던 곳으로 가고 싶다는 생각을 했을 뿐인데 눈을 떠보니 물 위였다. 혼자라서 빠지는 건 아닐까 겁이 났는데 물 위에 뜬 나뭇잎처럼 설 수 있었다. 아래쪽에 무엇이 있는지 보이지 않는 물은 반짝거리는 위쪽을 그대로 비추고 있었다. 해원은 한별이 부를 때까지 이곳에 혼자 있었을까. 아니면 한별처럼 여러 세계를 돌아다녔을까. 사람들은 해원을 인식하지 못해서 상호작용을 할 수 있는 게 아무것도 없을 터였다. 이곳이나 저곳이나 해원은 혼자였다.

"해원님의 어린 시절을 보여줘."

물은 반짝거리는 위쪽만 비췄다. 한별이 몇 번 더 말했지만 소용없었다. 어떻게 해야 할지 알 수 없어 걸어보기로 했다. 한 걸음 내딛을 때마다 자그마한 파동이 일어났다. 한별은 산책하듯이 걷고 또 걷다가 정신적으로 지쳐서 주저앉았다.

망망대해가 이런 느낌일까. 끝이 어딘지 알 수 없었지만, 이곳은 갇힌 세계였다. 어릴 적부터 행복과 안전을 위해 만들어진 예쁘고 소중한 집. 해원은 이곳에서 모든 걸 끝내려는지도 몰랐다. 세계가 붕괴하고 있어서 밖으로 나갈 수 없는 걸까? 물 밖으로 돌려보내줄 때는 손만 뻗어 세계를 통과시키는 걸까? 해원이 오면 물어봐야겠다는 생각을 하며 물 위에 비친 별을 헤아리고 있는데 해원의 얼굴이 달처럼 환하게 떠올랐다.

"여기는 어떻게 들어온 거야?"

고개를 돌리니 놀란 해원의 얼굴이 눈에 들어왔다. 해원의 어릴 때 모습을 본 후로 조금 더 편하고 자연스럽게 대해줘서 좋았다.

"저도 모르겠어요."

"틈이 너무 많이 생긴 건가……. 나가자."

"해원님. 용의 의무를 다한다는 게 뭐예요?"

해원은 한별의 말을 듣고 가만히 있다가 그 자리에 앉았다. 몸을 조금만 기울이면 어깨와 어깨가 닿을 것 같은 거리였다. 무슨 일에든 당당하고 늠름한 해원인 줄 알았는데 한참 동안 입을 떼지 못했다. 처져 있는 모습을 보고 싶지 않아서 한별은 애써 밝게 웃으며 말했다.

"용의 일이라 인간에게 말하기 어려운가 봐요. 그럼 제 의무가 아니었으나 의무라고 생각했던 걸 말할게요."

"그래."

"부모님, 특히 아빠는 제가 출가외인이 될 사람이라며 많은 돈을 들이지 않으려고 했어요. 그러니까 저한테는 투자할 수 없다는 거죠……. 학교생활에 필요한 것도 지원받지 못해서 명절 때 받은 용돈이나, 부모님 친구 분들께 받은 용돈을 모아 해결하곤 했어요. 근데 어느 날 엄마가 생활비가 부족하다며 한숨을 쉬시는 거예요. 엄마를 도우면 기뻐할 거라 생각하며 모은 돈을 탈탈 털어 드렸어요. 엄마가 고맙다면서 웃으시는데 뿌듯하더라고요. 근데 나중에 알았는데 그게 오빠가 최신형 휴대폰을 가지고 싶다고 해서 그런 거였어요.

아무튼 그 뒤로 아빠나 엄마가 모은 돈 없니, 십만 원만 빌려줄래……. 이러면서 돈을 조금씩 가져가더라고요. 제가 돈 달라고 하면 그동안 먹이고 입힌 게 얼마인데 너무하다고 하고. 오빠한테는 그러지 않으면서……. 그래도 돈을 드리면 엄마가 기뻐하시고, 저를 예뻐해주니까 괜찮았어요.

근데 여자가 대학 가서 뭐 하냐고, 취직하려고 대학 가는 건데 공장에 들어가서 빨리 돈 벌어서 집안에 보탬이 되는 게 낫지 않느냐고 하는 거예요. 출가외인이라면서 웃기지 않아요? 대학교에 겨우 들어갔는데 학교에서는 꽃뱀 취급 받지, 엄마는 다음 학기 등록금으로 쓰려고 모아둔 돈을 또 빌려달라고 하더라고요. 싫다고 하니까 집안 분위기가 아주 냉랭했어요. 나보고 이기적이래요. 지금까지 해준 게 얼마인데 자식이 되어서 이런 것도 못 해주냐고.

해원님. 이 집안의 자식으로 태어났다고 해서, 이게 내가 지켜야 할 의무일까요?"

한별은 자신이 어린 시절에 어땠는지, 오빠와 어떤 일화가 있었는지, 소풍 도시락이 어떻게 달랐는지, 명절에 할머니 댁에 가는 게 왜 싫었는지 등을 천천히 말했다. 민성에게 한번 말했다고, 두 번째 말하는 건 더 수월했다. 해원은 가만히 듣고 있다가 한별의 손을 살며시 잡았다. 그 자그마한 위로가 무척이나 다정하게 느껴졌다.

"저 너무 바보 같죠? 정말 미련했어요."

"미련한 게 아니라 포기하고 싶지 않았던 거지. 지키고 싶었던 거야."

"제가 만약에 이곳에서 꿈을 꿨다면…… 엄마한테 사랑받는 꿈을 꿨을까요?"

"그럴 수도, 아닐 수도."

"아무런 꿈도 꾸지 않아서, 해원님을 도울 수 있어서 다행이에요."

"한별."

다정한 부름에 고개를 옆으로 돌리자 해원의 맑고 올곧은 눈동자와 마주쳤다. 흔들림 없는 신념을 가진 눈동자를 홀린 듯이 바라볼 수밖에 없었다.

"애쓰느라 고생했어. 대단해."

"뭐예요. 제가 해원님한테 한 말이잖아요."

장난스럽게 말하려 했으나 목소리에는 물기가 가득했다. 이번에는 해원이 한별의 눈물을 조심스럽게 닦아주었다.

"남은 존재들을 다 보내면 소원을 빌 수 있다는 걸 잊지 않았지? 네가 행복해질 수 있는 소원을 빌어. 너만을 위한 것으로."

스스로가 바보 같다는 말에 단호하고 빠르게 아니라고 말해준 해원이 좋았다. 자신을 걱정해주는 말이 좋았다. 해원이 해준 말이 좋았다. 해원이 자신을 바라보는 다정한 눈빛이 좋았다. 볼 위를 스치는 손가락이 좋았다.

나는 해원을 좋아한다.

감정을 깨닫자마자 몸에서 열이 났다. 바닥이 시원한 물이 아니었으면 온몸이 익어버렸을지도 모르겠다. 심장이 너무 크게, 너무 빨리 뛰는 것 같은데 해원이 듣게 되는 건 아닌지 무서웠다. 해원의 눈빛을 피해 위를 올려다보았다. 아름답지만 무서웠는데, 이제는 해원에 대한 마음 덕분인지 오히려 의지가 불타올랐다. 모든 게 부서지기 전에 해원의 꿈을 이뤄줄 것이다. 해원은 한별이 악의에 홀릴 것 같다 생각했는지 서둘러 한별의 뺨을 감싼 후 살며시 내렸다.

한별은 걱정 어린 해원의 눈동자를 바라보며 천천히 말했다.

"해원님은 의무를 잊어버린 탓에 이렇게 됐다고 했지만, 그동안 이곳에 온 사람들을 열심히 돌봐오고, 되돌려

보내기 위해서 노력 중이잖아요. 저에게 간곡하게 부탁을
할 만큼이요. 해원님은 멋있고 다정한 분이에요. 해원님
이 의무를 다할 수 있도록 제가 열심히 도울게요."

고개를 끄덕이며 마음을 다잡았다. 벌떡 일어나 기지개
를 쫙 편 다음에 해원에게 손을 내밀었다. 해원은 그 손을
보고서도 가만히 있었다. 왜 한별이 손을 내밀었는지도
모르는 눈치였다. 용은 인간에게 이런 사소한 도움을 받
은 적이 없었나 싶었다. 해원이 제게 알려주었듯이, 한별
도 해원에게 알려주면 되는 일이었다.

"제 손을 잡고 일어나세요. 이곳에서 나가야죠."

해원이 고개를 쳐들고 눈이 부신 듯 가늘게 떴다가 한
별의 손을 잡았다.

"그래……."

옷자락을 나풀거리며 해원이 한별의 도움을 받아 일어
났고, 한별과 해원은 손을 잡고 나란히 걸었다.

물이 가득한 세계에서 함께 나온 뒤, 해원은 어딘가로
사라졌다. 한별은 빨리 일을 마쳐야 해원의 마음이 편해
질 거라는 생각에 씩씩하게 걸어서 꿈꾸는 자의 뚜렷한

세계를 찾아냈다.

이곳은 대학교 같았다. 넓은 부지 군데군데 건물이 있었고, 사람들이 여유를 가지고 걷고 있었다. 이상한 건 돌아다니는 사람들이 모두 여자였는데, 머리가 길고 청순한 스타일의 원피스를 입고 있었다. 목을 드러내는 짧은 머리, 노랗거나 빨간 염색 머리나 후드 티, 청바지 등 개성을 드러내거나 편하게 입은 사람은 한 명도 없었다. 키도 160센티미터 남짓한 사람들밖에 없는지 눈높이가 다 비슷했다. 발을 살펴보니 높은 구두를 신은 사람도 없었다. 얼굴이 흐릿해 이목구비를 구분할 수 없어서 똑같은 사람이 수십 수백 명으로 불어난 것 같기도 했다.

"이 중에 있는 건 아니겠지……."

한숨이 절로 나왔다. 넓은 캠퍼스뿐만 아니라 여러 식당과 카페까지 구현된 세계였다. 부지런히 돌아다녀야겠다며 마음을 다잡는데 소란스러움이 느껴졌다. 한별은 소란이 있는 곳과는 거리가 좀 있었는데, 주위에 있던 사람들이 덩달아 수런거렸다.

"선배님 수업 끝났나 봐!"

"저기로 가자!"

"이쪽으로 오시는 거 같은데?"

"우리가 빨리 가면 얼굴을 더 오래 볼 거 아니야!"

한두 명이 아니었다. 모든 사람이 소란의 근원을 향해 뛰거나 걷고 있었다. 따라가야 하나 물러서서 어떻게 된 건지 지켜봐야 하나 잠시 고민하는 사이에 우르르 몰려가는 사람들에게 휩쓸려 넘어지고 말았다. 그러나 사람들은 한별이 넘어진 것도 아랑곳하지 않고 지나쳤다. 사람이 있다고 소리쳐도 선배님을 부르짖는 외침에 가려졌다. 일어나려고 해도 여기저기서 툭툭 쳐서 정신을 차릴 수도 없었다. 여기서 다칠 수도 있나? 다치면 어떻게 되는 거지? 해원을 불러야 하나? 여러 생각이 순식간에 지나가고 해원을 부르려던 찰나에 큰 소리가 들렸다.

"다들 멈춰!"

매력적인 저음이 넓게 퍼지며 소란을 순식간에 잠재웠다. 한별은 욱신거리는 머리와 팔을 어루만지고 있다가 고개를 들었다. 사람들이 천천히 갈라졌고 그 사이로 누군가가 한별을 향해 걸어오고 있었다. 하늘색 셔츠와 검은 슬랙스 바지를 입고 하얀색 운동화를 신어 단정하고 깔끔한 이미지를 가진 남자였다. 키가 얼마나 큰지 여자들 사이에 홀로 우뚝 서 있어서 얼굴이 훤히 보였다. 커다란 눈동자와 날렵한 코, 보기 좋게 올라간 입술이 조화로웠다. 보자마자 알 수 있었다. 여기는 저 남자의 세계였다. 그렇지 않고서야 혼자 저렇게 또렷할 수는 없었다.

"괜찮니?"

남자는 한쪽 무릎을 꿇고 주저앉아서 한별을 살폈다. 서슴없이 손을 뻗어 헝클어진 한별의 머리를 정돈해주고 팔을 잡고 가볍게 일으킨 다음 넘어질 때 바닥에 닿아 지저분해진 무릎을 털어줬다. 갑작스러운 스킨십에 저절로 인상이 써졌는데, 남자는 아파서 그런 줄 알고 더 살살 털었다.

"내가 넘어졌어야 했는데……."

갑작스러운 상황에 당황해서 가만히 있다가, 울분에 찬 속삭임을 듣고 정신을 차렸다. 본의 아니게 남자와 접촉하자, 잘생기고 키가 큰 그의 뒤로 어디에서나 볼 수 있는 평범한 남자의 모습이 나타났다. 한별이 꿈꾸는 자를 인식했는데도 세계는 멀쩡했다. 민성처럼 이곳이 만들어진 세계인 걸 아는 건지도 몰랐다. 이 사람이 바라는 건 큰 키와 잘생긴 얼굴, 인기인 걸까. 이렇게 훤히 보이는 바람이니 빨리 보낼 수 있을 것 같았다.

남자는 한별이 자신의 얼굴에 홀린 줄 알았는지 눈을 반달처럼 접으며 웃었다. 그걸 보니 물 밖의 선배가 떠올랐다. 가뜩이나 기분이 좋지 않았는데 더 가라앉았다. 그래도 최대한 내색하지 않으려 노력했다.

"괜찮아? 많이 아파?"

"괜찮아요."

"그래도 혹시 모르니 저기 벤치에 앉아서 무릎 살펴보자. 여자 몸에 상처 나면 안 되잖아."

한별은 자신을 잡아당기는 남자의 손을 가볍게 털어냈다. 남자는 머쓱한 기색도 없이 따라 일어났다. 한번 접촉했으니 언제든지 해원을 부르면 돌려보낼 수 있어서 잠시 자리를 피하려고 했다. 그러나 주위를 둘러싼 사람들이 자리를 비켜주지 않았다. 얼굴 쪽을 쳐다봤는데도 꿈쩍하지 않았다. 뒤를 돌아보자 남자는 부드럽게 웃으면서 서 있을 뿐이었다.

"벤치는 저쪽이야."

일반적인 상황이 아닌데도 아무렇지 않게 웃고 있는 게 무서웠지만 한별은 고개를 끄덕이며 남자를 따라갔다. 그러자 사람들이 언제 길을 막았냐는 듯이 제 갈 길을 갔다.

커다란 나무 아래 있는 벤치에 앉았다. 남자는 한별에게 잠시 있으라고 하더니 근처에 있는 자판기에서 시원한 음료수를 뽑아 내밀었다. 주춤거리며 뻗은 한별의 손가락과 남자의 굵고 긴 손가락이 얽히듯 스쳤다. 한별이 반사적으로 손을 빼자 음료수가 바닥으로 떨어졌다.

"너무 떨려서 그렇다고 하기에는 이상한데……."

남자는 몇 번 손을 쥐었다 폈다 하더니 음료수를 주운 뒤 한별 옆에 앉았다.

"무릎 상태를 보려고 해도 바지를 입어서 잘 모르겠네. 다리가 예쁠 거 같은데 왜 바지 입었어?"

"바지가 편해서요."

"아, 다른 여자들이 다 비슷한 원피스를 입고 있으니까 내 눈에 튀려고 바지를 입은 거야?"

"아니요."

반사적으로 말이 튀어나갔다. 남자의 말을 들으면 들을수록 남자가 바란 게 무엇일지 짐작할 수 있었다. 옆에 있기도 싫어져 몸이 점점 남자와 먼 쪽으로 기울었다. 남자는 긴 다리를 꼰 뒤 무릎 위에 손을 올리고 짧게 깎은 손

톱으로 톡톡 무릎을 두드렸다.

눈앞에 걸어가는 사람들이 보이는데도 한기가 들었다. 남자가 무슨 짓을 하더라도 도와줄 사람은 아무도 없을 것이다. 불안감에 위장이 뒤틀렸지만 내색하지 않으려 애썼다. 한껏 긴장을 한 채, 꿈꾸는 자가 분명한 남자가 무슨 말을 할지, 어떤 행동을 할지 기다렸다.

"다들 내 눈에 들려고 노력하는데 너처럼 밀어내는 걸 보니 신선하긴 하다. 내 호기심을 자극했어. 하긴, 이런 특별식도 있어야지. 배고프지 않아? 밥 먹자."

남자는 한별이 당연히 따라올 거라는 듯 먼저 일어나 걸어갔다. 한별은 앞서가는 남자와 그 뒤의 흐릿한 남자를 바라보다가 따라나섰다. 이 남자를 물 밖으로 돌려보내고 세계를 흐르게 할 수 있을까. 자신 없었지만 해야 했다. 해원을 위해서라면, 꼭 해낼 것이다.

남자는 학교 밖에 있는 식당이 아니라 학생식당으로 향하는 것 같았다. 가는 동안 여자들이 남자에게 선배님, 선배, 오빠라고 부르며 인사를 하고 조금이라도 대화를 하기 위해 질문을 던졌다. 남자는 친절하게 인사를 받아주

다가 어느 순간 귀찮아졌는지 고개만 까딱이며 걸었다. 그러자 여자들은 그 모습이 나쁜 남자 같다며 좋아했다.

어떤 여자들은 한별을 부러워하는 눈빛으로 바라봤고, 어떤 여자들은 질투를 했다. 표독스러운 자신의 모습을 남자에게 보이지 않기 위해 남자가 지나간 다음에 한별을 노려보는 모습이 기묘했다. 얼굴이 흐릿한데도 한별에게 적의를 가지고 있는 여자들의 존재가 선명하게 느껴졌다. 주변에 있는 여자들 중 남자를 싫어하는 이가 단 한 명도 없었다.

여자들의 생김새나 스타일이 각양각색이었다면 모든 여자에게 사랑받고 싶은 걸 바라는 것이라 생각하겠는데, 머리끝부터 발끝까지 비슷하니까 오싹하기만 했다. 이 남자는 여자가 어떤 존재라고 생각하는 걸까? 그 속에서 다른 여자들과는 다른 모습을 한 자신을 보고 어떤 생각을 하고 있을까? 따라가는 게 맞는 건지 망설여졌으나 다른 방법이 없었다.

식사 시간이 아닌지 학생식당은 한산했다. 남자를 따라 왔는지 식사하러 왔는지 모를 여자들이 몇몇 있었으나 그들은 남자와는 거리를 둔 채 소곤거리고 있었다.

"내가 살게."

남자는 자연스럽게 제육볶음을 주문하고 한별에게 뭘 먹을 건지 묻지도 않은 채 치즈 돈가스를 시켰다.

"여자들은 치즈 좋아하던데, 맞지? 게다가 이게 여기에서 제일 비싼 거야."

치즈가 든 걸 좋아하지도 싫어하지도 않아 상관없긴 했지만, 남자의 태도가 어이없었다. 본인이 센스 있다고 생각하는 걸까? 뭐라고 더 말을 섞기도 싫어서 묵묵히 자리에 앉았다. 벽에 있는 모니터에 주문 번호가 뜨자 남자가 가서 제육볶음을 가져왔다. 치즈 돈가스가 나오자 한별이 일어나기도 전에 먼저 일어나 가져왔다. 그러더니 말도 없이 치즈 돈가스를 가져가 잘라주었다. 돈가스 안에 있던 치즈가 접시에 흘러나와도 아랑곳없이 다 자른 뒤 한별 앞에 내밀고 웃었다. '몸에 배어 있는 매너인데 좋지?'라고 말하는 듯이.

"감사합니다……."

남자의 배려에 습관적으로 감사 인사를 했다. 하나도 고맙지 않았는데 몸에 밴 게 자동으로 나왔다. 그런 자신이 싫어서 눈을 내리깔고 포크를 들었다. 접시 위의 돈가스는 난장판이었다. 얼마나 힘을 주고 잘랐는지 돈가스가 접시 끄트머리까지 밀려났고, 샐러드에도 돈가스 조각이 처박혀 있었다. 치즈는 돈가스 밖으로 다 흘러내린 상태였다.

제일 가운데에 있던 돈가스 조각을 포크로 찍어서 봤더니 당연히 텅 비어 있었다. 두꺼운 튀김옷 사이로 얄팍한 고기가 흐느적거렸다. 남의 돈가스는 이렇게 작살내고 남자는 밥과 제육볶음을 대충 섞은 뒤 한입에 집어넣고 쩝쩝거리며 먹고 있었다. 쩝쩝, 쯔압, 쩝. 집중하지 않으려고 할수록 온 신경이 쩝쩝거리는 소리에 집중되는 것 같았다.

건너 건너 테이블에 있는 여자들은 그 모습이 아무렇지 않은지 밥을 먹으면서 남자를 힐끔거리고 있었다. 이 남자는 편한 집에서나 집 밖에서나 똑같이 저럴까, 아니면 이곳이 본인에게 맞춰진 세계라서 본모습이 나오는 걸까.

아무리 잘생기고 매너 좋고 인기가 많더라도 본래의 습관을 버리지 못한 것 같았다. 밥맛이 떨어져서 포크를 내려놓았더니 그걸 보고 또 피식 웃는다.

"내 앞이라고 내숭 떠는 거야? 안 그래도 되니까 팍팍 먹어."

입안에 있는 거나 다 씹고 말하면 좋겠다. 한별은 최대한 내색하지 않으려 했지만 얼굴이 굳어지는 건 어쩔 수 없었다. 샐러드를 깨작거리고 있으니 남자의 젓가락이 눈앞으로 다가와 돈가스를 집어갔다. 남자는 제육볶음을 다 넘기지 않은 상태로 입을 열어 돈가스를 넣었다. 한별은 남자의 행동과 모습에 차라리 눈을 감아버렸다.

"맛있네. 얼른 먹어."

평소에 집에서 식사를 하면 고기나 햄 같은 반찬은 당연하게도 아빠와 오빠 앞에 몰려 있었다. 돼지고기 김치찌개를 끓여도 건더기는 다 아빠와 오빠에게 갔고, 한별 몫은 고기 한두 조각이 다였다. 엄마의 국그릇에는 김치 쪼가리조차 없어서 한별이 제 몫을 나눠준 게 몇 번인지 모른다.

아빠는 엄마가 떠준 게 본인의 양보다 많아도 덜지 않고 먹다가 남겼다. 오빠는 엄마가 가득 떠준 찌개에서 맛있는 것만 쏙쏙 골라 제 배를 채우는 욕심쟁이였다. 그러면서도 엄마나 한별의 몫이 맛있어 보이면 서슴없이 손을 뻗어 가져갔다. 식탐은 성공을 위한 욕심으로 포장되었다. 그야말로 사랑받는 장남이었다. 엄마는 오빠가 더 달라고 하면 새로 요리했지만, 비어버린 한별의 몫을 채워 주진 않았다. 먹을 것으로 차별받는 설움 속에서도 엄마에게 음식을 나눠주는 딸의 마음은 뭘까.

남자는 한별이 먹는 둥 마는 둥 하자 자기 쟁반에 있는 반찬이라도 되는 듯 돈가스를 가져갔다. 젓가락으로 찍으면 모르겠는데 제육볶음을 퍼먹은 숟가락을 내밀어 돈가스를 뜨려고 했다. 한 번에 안 되자 여러 번 시도를 했는데 벌건 제육볶음 국물이 돈가스 접시 위에 피처럼 퍼지고 있었다. 그걸 보고 포크를 딱 내려놓은 뒤 쟁반을 남자 앞으로 밀었다. 남자는 한별이 왜 이러는지 모르겠다는 듯 고개를 갸웃거렸다.

"부족한 것 같은데 다 드세요."

"네가 남길까 봐 그런 거였지. 여자들은 왜 밥을 제대로 안 먹는 걸까? 남자의 보호를 계속 받고 싶어서 그런가? 하긴, 신체적, 유전적으로 차이가 나는 건 어쩔 수 없지."

말을 섞고 싶지 않아 가만히 있었는데, 남자는 그게 경청하는 자세라고 생각한 것 같았다.

"여자는 남자의 사랑을 받아야 예뻐져. 든든한 품에 안겨서 아양만 떨면 원하는 걸 얻을 수 있다는 게 짜증 나긴

하는데, 어쩌겠어. 연약하고 할 줄 아는 게 없으니까 그렇게라도 살아야지. 나는 그럴 능력도 되고."

"아, 네."

"부모님이 건물 몇 채가 있거든. 내 앞으로도 하나 있고. 상가 건물이라 월세만 해도 대기업 회사원보다 많이 들어와. 그 돈의 일부분은 아내에게 용돈으로 줄 거야. 바깥일 하면서 드세지고 화만 느는 것보다 훨씬 안정적이고 행복하지 않겠어? 게다가 여자의 행복이 뭐야. 출산과 육아잖아. 난 내 와이프가 집에서 편하게 지냈으면 좋겠어."

"아, 네."

"난 아이를 최소한 둘은 낳고 싶어. 외동이라 형제자매 있는 집이 부러웠거든. 뭐, 그래도 결혼하고 몇 년은 와이프와 둘만의 신혼생활을 즐길 거지만. 와이프가 남편을 푸대접하는 거, 다 이유가 있어서 그래. 그게 뭔지 알아?"

"아, 네."

한별이 한심하게 보는 걸 모르는지, 남자는 자신의 말에 취해 점점 목소리가 커졌다. 그러다가 한별을 보고 은근하게 웃더니 처음으로 목소리를 낮춰 속삭였다.

"너는 아직 어려서 모르겠지만, 동양인과 서양인의 성

기가 다르거든. 서양인은 길고 크지만 힘이 없고, 동양인은 서양인보다 작아도 힘이 좋아. 나는 밤마다 내 와이프를 행복하게 해줄 능력이 있다고."

노골적인 말이었다. 이게 처음 보는 사람한테 할 소리일까? 이놈보다 오빠가 훨씬 낫다는 생각이 들 정도로 정말 최악이었다. 남자의 웃는 얼굴은 아까와 똑같았으나, 남자가 하는 말을 듣고 얼굴을 보니 음흉하게만 보였다.

"내 눈에 들기 위해 바지를 입은 건 좋은 전략이었어. 수많은 여자 중에 너만 보였으니까. 이제 내가 널 알아봤으니 원피스로 갈아입어. 날이 좋으니 잔디밭 벤치에 앉아서 커피 마시자. 다른 여자들이 나와 함께 있는 널 부러워할 거야."

"괜찮아요."

싫다고 직설적으로 말하고 싶었지만 습관처럼 부드럽게 거절의 말을 꺼냈다. 그러나 남자의 말을 따르지 않자 공기가 얼어붙는 것 같았다. 여자들은 혀를 차거나 멸시의 눈빛을 보냈고, 남자는 계속 웃고 있었다.

"한 번은 재미있지만 두 번은 재미없어."

몸이 저절로 움츠러들었다. 뉴스에서 보던 여러 사건들

이 떠오르며 정말 무슨 일이 생길 것만 같은 두려움이 생겼다. 그러나 한별에게는 해원이 있었다. 남자보다 더 큰 힘을 가진 이곳의 주인이 따로 있으니, 남자는 한별에게 해를 끼칠 수 없다는 믿음이 용기를 불어넣었다.

굽었던 허리를 세우고 움츠러들었던 어깨도 폈다. 어깨를 접고 연약하게 보이려고 노력하는 다른 여자들 속에서 한별은 특이할 수밖에 없었다. 그걸 남자도 알고 있는지 날카롭던 눈빛에 다시 흥미가 가득해졌다. 한별이 뭘 하든 남자의 눈에 들기 위해 다른 사람과는 다른 행동을 하는 걸로 받아들이겠지만.

"고양이 같은 매력이네. 난 도둑고양이를 길들이는 것도 좋아해. 카페로 가서 대화를 더 해보자. 밥은 내가 샀으니 음료는 네가 사."

남자는 대답도 듣지 않고 자리에서 일어났다. 한별은 남자가 다 먹어버린 빈 쟁반을 반납하고 뒤를 따랐다. 한별은 학생식당에서 남자가 사주는 대로 가만히 있었는데, 남자는 학교 밖에 있는 카페에서 제일 비싼 딸기 요거트 스무디와 당근케이크를 주문했다. 그렇게 돈이 많다더니 주머니에 양손을 집어넣고 한별에게 계산하라며 턱짓을 했다.

물속 세계가 아니라 현실에서 이런 일이 생겼다면 어땠을까 생각하니 마음이 서늘해졌다. 딸기 요거트 스무디 6천 원, 당근 케이크 8천 원. 이것만 해도 만 4천 원이었다. 거기에 한별의 몫으로 제일 저렴한 아메리카노 3천 원까지 합치면 만 7천 원. 일주일의 점심을 해결할 수 있는 돈이었다.

궁상떨고 싶지 않았고, 티를 내지 않으려고 노력했지만 이런 순간만 오면 자연스럽게 머릿속으로 계산하게 된다. 조별과제를 하기 위해 카페에 가거나, 시간이 애매해서 저녁을 먹어야 할 때 눈은 제일 저렴한 메뉴를 가장 먼저 찾고, 그다음으로는 저렴하면서도 괜찮아 보이는 메뉴를 찾는다. 몇백 원 아낄 수 있을 뿐이었지만 그게 모이면 컵라면을 사 한 끼를 해결할 수 있었다.

이곳이 물속 세계라서, 없는 티를 내지 않을 수 있어 다행이었다.

"딸기 요거트 스무디, 당근케이크, 자몽에이드 주세요."

한별은 망설인 이유가 뭘 먹을지 정하지 못해서였다는 듯 거침없이 주문하고 휴대폰을 내밀어 계산했다. 뒤를 돌아보니 남자는 어느새 테이블에 앉아 휴대폰을 들여다보고 있었다. 긴 다리를 꼰 채 고개를 살짝 틀어 숙이고 있는 모습은 근사했다. 카페에 있는 여자들이 작게 비명을 지르며 남자를 힐끗힐끗 보고 있었다. 역시나 여자들은 생김새와 이미지가 비슷해서 각각을 구분하기 어려웠다.

처음에는 어쩌면 이렇게 생긴 여자를 좋아해서, 그 여자가 세상에 가득했으면 좋겠다고 바랐던 건 아닐까 하는 생각도 했었다. 그러나 학생식당에서 남자가 말하는 걸 듣고 그 생각을 접었다. 누군가를 좋아한다면 그 당사자를 희롱하고, 깔보면서도 유혹하고, 계속 주도권을 잡은 채 멀어지지 않도록 이리저리 끌고 다닐 리 없었다.

같이 앉아 있는 시간을 줄이기 위해 카운터 근처에 서서 음료가 나오길 기다리며 생각했다. 남자에 대해 더 알아내든가, 남자의 정신을 흔들어서 흐릿한 영혼을 또렷하게 만들어야 했다. 그러나 무슨 수로 남자를 흔들 수 있을까? 언제든지 얼마든지 한별을 꼬셔 함락할 수 있다는 자신감을 보이는 남자였다. 싫다는 표현을 해도 오히려 구미가 당긴다고 했다.

그나마 생각나는 방법은 지속적인 거절이었다. 당사자

의 자존심이 깨지도록, 명확하고 분명하게 거절하기. 게다가 남자는 물속 세계에서 거절 같은 건 모르는 삶을 살았을 테니 괜찮을 것 같았다.

"주문하신 음료와 케이크 나왔습니다!"

"감사합니다."

쟁반을 들고 테이블로 돌아가는 동안 제일 중요한 게 떠올랐다. 이곳은 하루가 반복되는 곳이었다. 아무리 거절해도 남자는 기억하지 못했다. 하루가 새로 시작했을 때 남자가 한별에게 관심을 보이지 않을 수 있다는 것도 고려해야 했다. 오늘이 언제 끝날지 모르겠지만, 최대한 빨리 남자를 흔들어야 했다.

한별은 쟁반을 내려놓고 자신의 것만 챙겨 가져갔다. 남자는 당연히 한별이 자신의 앞에 음료와 케이크를 대령해줄 줄 알았는지 가만히 휴대폰만 보다가 자신의 몫이 여전히 쟁반 위에 있는 걸 보고 미간을 살짝 찌푸렸다.

"아직 어려서 그런가? 이렇게 이기적으로 굴면 너뿐만 아니라 부모님이 가정교육을 어떻게 했냐는 소리가 나온다고."

남자는 아예 팔짱을 꼈다. 자신의 손으로 차리지 않겠

다는 뜻이었다. 하나를 보면 열을 안다고, 남자는 집에서 수저 하나도 제 손으로 놓지 않는 게 분명했다. 평소의, 물 밖에서의 한별이었다면 식당에 가서 물을 따르고 냅킨을 뽑아 간 뒤 수저를 내려놓았을 것이다. 몸에 밴 게 그랬으니까 다른 사람들이 자신에게 솔선수범한다느니 여성스럽다느니 말하는 것도 신경 쓰지 않았다.

그래서 선배가 한별을 좋아한 건지도 모르겠다. 말없이, 자연스럽게 상대방을 배려하고 챙겨주고 떠받드는 것 같은 행동을 보면서, 조금만 잘해주면 쉽게 넘어온다고 생각했을지도. 게다가 경제적으로 여유로운 것 같지 않으니 얼마나 쉽게 생각했을까.

앞에 있는 남자는 선배보다 더했다. 상대에게 돈을 쓰긴 하겠지만, 상대에게서 어떻게든지 더 크게 얻어먹겠다는 생각이 투명하게 보였다. 물 밖에서는 경제적으로 풍족하지 않았던 걸까. 하긴 돈이 많아도 상대에게 돈을 쓰지 않는 사람도 있으니 모를 일이었다. 그래도 이렇게 하나하나 추측하고 알아가면 남자를 흔들 수 있을 것이다. 자신을 노려보는 남자와 시선을 마주치며 자몽에이드를 마셨다. 차가운 걸 마시니 정신이 또렷해졌다.

"사람 말이 안 들려?"

"그쪽도 손 있잖아요."

"내가 말했지. 한 번은 재밌어도 두 번은 재미없다고. 뭘 믿고 이렇게 까불지? 여기에 널 도와줄 사람은 아무도 없어."

남자가 일어나자 세상이 흔들렸다. 한별은 겁먹지 않으려고 했으나 몸이 굳었다. 남자는 놀라거나 무서워하는 기색이 없었다. 주위를 둘러봐도 겁먹은 건 한별 혼자뿐이었다. 카페 안에 있던 여자들은 오히려 숭배하는 눈빛으로 남자를 바라보고 있었다.

남자는 이곳이 현실 세계가 아니라는 걸 인지할뿐더러, 세계를 무너뜨리고 재조립하며 원하는 대로 힘을 휘두르고 있었다. 자신을 전지전능한 신으로 여기며 얼마나 즐거웠을까. 여자가 사람으로 안 보일 만했다.

"어디서 굴러먹다 온 건지 모르겠지만 너도 다른 년들이랑 똑같아."

남자가 빈정거리며 말을 내뱉더니 박수를 쳤다. 그러자 이곳에 있던 사람들이 모두 한별처럼 변했다. 이목구비가 뚜렷하진 않았지만 단발머리부터 청바지, 운동화까지 한별의 모습을 복사한 듯했다. 수많은 한별이 남자를 찬양하고 추앙하고 있었다. 한별은 그걸 보고 공포보다 역겨움을 느꼈다. 남자가 어떤 짓을 할지 모른다는 불안감도 있었지만 그보다 하찮아 보이는 마음이 더 컸다.

"최악이다, 정말."

"뭐라고?"

"스스로한테 자신이 없어서 그럴싸한 껍데기를 뒤집어쓰고 있잖아. 그러면 뭐 해. 알맹이는 물 밖이랑 똑같은데."

"미쳤냐?"

남자는 얼굴을 붉히며 화를 내다가 이내 이를 보이며 웃었다. 주변에 있는 사람들에게 손짓하자 그중에 한별의 흉내를 낸 누군가가 남자에게 달려왔다. 그 여자는 남자의 가슴에 한 손을 얹고 다른 손으로는 자신의 가슴을 만지며 야한 소리를 냈다. 상상해보지도 않은 광경을 보는 게 당황스럽고 수치스러웠다. 저도 모르게 주위를 살피게 되었고 이곳에 있는 사람이 자신과 남자뿐이라는 게 다행이라는 생각이 들 정도였다.

"뭐 하는 거야."

한별이 이를 악물고 나직하게 말했으나 남자는 코웃음 쳤다.

"아직도 건방지네. 다음에는 어떤 걸 할 것 같아?"

남자가 턱짓을 하자 가짜 한별이 티셔츠 아랫단을 잡고 슬쩍 올렸다. 얼굴은 흐릿했으나 몸은 비교적 또렷해 하 얗고 납작한 배가 보였다. 한별의 배에는 화상 자국이 남 아 있었는데 가짜 한별의 몸은 깨끗했다. 보이는 부분은 따라 할 수 있어도 그렇지 않은 곳은 다를 수밖에 없었다. 팔꿈치도 꿰맨 자국이 없었다. 틀린 그림 찾기처럼 다른 부분을 확인하고서 안심이 되었지만, 그걸 모르는 사람이 본다면 오해할 터였다. 이곳이 물속 세계라 다행이었다.

"모습은 원하는 대로 바꿀 수 있는데 진짜가 아니라서 그런가, 만지는 느낌이 별로더라고. 현실에서는 SNS에 올려서 네가 얼굴도 못 들게 할 수 있을 텐데…… 그렇게 못 하는 건 아쉽지만 어차피 여기에 사람은 너랑 나뿐인 것 같은데 우리끼리 사이좋게 지내야 하지 않겠어?"

남자는 휴대폰을 들어 가짜 한별을 촬영했다. 위에서 아래로, 아래에서 위로, 얼굴만, 가슴만, 다리만…… 다양 한 각도에서 사진을 찍는 모습이 자연스러웠다. 물 밖에서 다른 사람의 얼굴을 합성해 유포한 것뿐만 아니라 불법 촬영까지 한 것 같았다. 이런 새끼는 세계가 무너질 때 같이 묻혀야 하는데 물 밖으로 돌려보내야 하는 게 화가 났다.

"누구랑 사이좋게 지내? 키 크고 잘난 너? 아니면 안경 쓰고 거북목인 너?"

"뭐?"

"말했잖아. 껍데기만 좋으면 뭐 하냐고, 알맹이는 그대로인데."

"내 모습이…… 진짜 내 모습이 보인다고?"

길을 걸으면 어디서나 볼 수 있을 법한 사람이라서 더 화가 났다. 저 새끼는 물 밖으로 돌아가서 이곳에서 겪은 걸 잊고 늘 하던 대로 얼굴을 합성해 이상한 사진을 유포하겠지. 피해자는 자신이 피해자가 된 것도 모를 것이다. 어쩌면 한별 또한 이미 당했을지도 모를 일이었다. 그런 걸 보는 너희들이 개새끼라고 생각하는 것만이 유일한 위안이면서도, 어쩔 수 없는 체념이었다.

"능력이 없으니까 이상한 짓거리를 하는 거지. 봐, 너도 아니까 네 원래 모습으로 안 오고 그렇게 너보다 키 크고 잘생긴 모습으로 여기 있는 거잖아."

"닥쳐."

"아무리 생각해도 네 원래 모습으로, 원래 성격으로는 여자들이 좋아할 거 같지 않았지? 그래서 키가 조금만 더 컸으면, 코가 조금만 더 높았으면 여자들이 줄을 설 텐데 싶었지? 그러니까 네가 바라는 게 이루어지는 이곳에서 본래의 모습과는 전혀 딴판인 모습으로 있는 거야. 그보다 네 성격이 문제라는 생각은 안 들었어?"

"닥치라고, 씨발년아!"

남자가 화를 내면 낼수록 물속의 모습과 물 밖의 모습의 경계가 점점 흐려지고, 한별의 모습을 한 수많은 형상이 물이 되어 흘러내렸다. 그걸 보며 속으로 잘됐다고 생각하는데 가짜 한별들의 모습이 뚜렷해졌다. 아니, 그건 이제 한별의 모습도 아니었다. 가슴과 엉덩이는 크고 허리는 잘록한 얼굴 없는 마네킹 같았다. 그것들은 스스로의 가슴이나 엉덩이를 어루만지거나 엎드려서 엉덩이를 흔들었다. 이제는 투명한 물이 아니라 검은 잉크를 섞은 것처럼 탁해서 마치 그림자들이 움직이는 것 같았다. 남자의 악의가 물을 오염시킨 것처럼 보였다. 섹스를 흉내 내는 유치한 모습보다 그 사실이 더 공포스러웠다. 한별은 혀를 깨문 후 최대한 아무렇지 않은 척 남자를 바라봤다.

"걸레년아, 하도 많이 해서 부끄럽지도 않나 보네. 너 같은 건 어떤 남자도 좋아하지 않을걸!"

"덕담 고마워. 나는 남자한테 사랑 안 받아도 되는데, 너는 여자한테 사랑받지 못하는 게 제일 무섭나 봐. 하긴 어떤 여자가 이렇게 치졸하고 못난 너를 사랑해주겠어?"

여자라는 존재에 편견을 가지고 있으면서도 여자에게 사랑받지 못한다는 말이 충격이었을까. 만들어진 모습이 흘러내리고 원래의 모습이 또렷해졌다. 남자는 낮아진 시야로 자신이 변한 걸 알았는지 두 손으로 얼굴과 몸을 매만지며 비명을 질렀다.

남자는 못생기지도 키가 작지도 않았다. 그냥 길을 걷다 보면 어디에서나 볼 수 있을 법한, 보통의 사람이었다. 그런데 어쩌다 이렇게 됐을까.

사람이 사람을 못 믿게 된다는 건 괴로운 일이었다. 특정한 한 사람에게 배신을 당하면 그 사람만 미워하면 되지만, 불특정 다수가 자신을 욕하거나 손가락질하는 경험을 하게 되면 길을 걷다 마주치는 모든 사람이 다 자신을 욕하는 것 같다는 상상을 하게 된다. 스스로의 말과 행동을 돌아보고 곱씹고 하나하나 해부하고 반성하고 그렇게 곪아가다가 미치는 거겠지. 가해자는 멀쩡한데 피해자만 죽고 싶어지는 것이다.

세계가 무너질 때 남자도 파묻히게 하고 싶었다. 물 밖에서 남자를 신고한다고 해도 제대로 된 처벌을 받는다는 보장이 없기 때문에 더더욱 돌려보내고 싶지 않았지만, 그래서는 안 되기에 입을 열었다.

"해원님."

그러자 해원이 한별의 옆에 언제나 있어왔던 것처럼 나타났다. 한별은 해원의 옆모습을 바라보고 저도 모르게 웃었다. 그런데 갑자기 촤아악 하며 물이 떨어지는 소리가 들렸다. 사람의 형상을 만들기 위해 울퉁불퉁 모양을 잡던 물 덩어리가 하나둘씩 힘을 잃고 떨어지고 있었다. 발가락을 적시던 물은 어느새 발목까지 차올랐다. 아까보다 더 검게 변한 물이 발목을 잡아채고 아래로 잡아당기는 것만 같았지만 사방이 물바다라 피할 곳이 없었다. 그나마 해원은 물 위에 떠 있어서 옷이 젖거나 위험해 보이지 않아 안심할 수 있었다. 한별은 바로 다가가서 해원의 손을 잡았다.

"씨발. 남자한테 사랑받지 않아도 된다더니, 여자끼리 붙어먹는 년이었냐?"

한별은 남자가 하는 말에 놀라서 바로 고개를 돌렸다. 한별의 눈빛에서, 표정에서, 손짓에서 티가 난 걸까. 남자는 경멸과 분노로 달아오른 채 한별과 해원을 번갈아 노려봤다. 해원이 무슨 표정을 하고 있을지 돌아볼 수가 없었다. 한별은 최대한 표정을 드러내지 않으며 남자를 노려봤다.

"그러니까 나한테 그런 거였네. 남자 맛을 모르는 년이니 아무리 매력을 어필해도 소용이 없던 거였어."

뭐라고 지껄이건 관심 없었다. 한별은 남자에게서 시선을 떼지 않은 채 말했다.

"저 남자는 어디로 가요? 저승이면 좋겠는데."

"저승이다."

"젓값도 안 치르다니. 비겁한 새끼."

"걱정 마라. 저승에서 마땅한 벌을 받을 것이다."

해원이 소리 없이 물 위를 걸으며 천천히 남자에게 다가갔다.

이 망할 세계에서 우리는

"너만 아니었으면…… 난 여기서 계속 왕처럼 있을 수 있었다고!"

갑자기 남자가 악의가 뒤섞여서 검게 일렁이는 칼을 만들더니 망설임 없이 휘둘렀다.

"해원!"

그걸 본 순간 아무 생각도 들지 않았다. 몸이 먼저 움직였다. 진흙에 박힌 것처럼 걸음을 내딛는 게 쉽지 않았지만 있는 힘껏 내달렸다. 해원은 갑작스러운 상황에 몸이 굳었는지 그 자리에 가만히 서 있었다. 한별이 손을 뻗어 해원의 팔을 잡아당기자 해원의 몸이 뒤로 밀려나며 한별이 그 자리를 대신했다. 남자는 누구라도 상관없다는 듯 칼을 휘두르는 속도를 줄이지 않았다.

"한별!"

검게 물든 물의 칼이 한별의 가슴을 찌르고 사라졌다. 피부가 갈라지는 느낌도 없었고 피가 한 방울도 나오지 않았지만 칼을 맞은 곳에서부터 온몸으로 고통이 퍼졌다. 맞거나 찢어져서 생긴 고통이 아니었다. 가지고 있던 무게가 조금씩 증발하며 존재가 지워지는 것 같은 공포였다. 무너지고 망가질 세계에 속하지 못하고 이방인으로 있었는데, 그 경계가 흐려지며 세계에 편입되려는 데서 오는 충격이었다. 숨도 제대로 쉴 수 없을 것 같았으나 남자가 해원을 향해 다가가고 있어서 안간힘을 써 뒤에서 남자의 양팔을 붙잡았다.

"이거 놔! 아, 아파! 팔 꺾인다고!"

물속 세계에 있기 때문인지 남자는 한별을 떨쳐내지 못했다. 남자가 아프든 말든 관심 없었다. 주저앉은 채로 멍하니 자신을 올려다보는 해원을 향해 소리쳤다.

"해원, 어서!"

그제야 해원이 일어나서 남자를 물방울 안에 가뒀다. 남자를 잡고 있던 한별은 자연스럽게 물방울 밖으로 밀려나며 몸에 힘이 풀려 스르르 주저앉았다. 몸이 축축하게 젖었으나 일어날 힘이 없었다. 이제 자신은 어떻게 되는 걸까? 이 세계가 무너질 때 같이 무너지는 걸까? 아니면 전에 봤던 불투명한 그림자로 변하게 될까?

용으로 변한 해원은 한 손에는 한별을, 한 손에는 남자를 올렸다. 남자는 물방울을 두드리며 난동을 부리고 있었으나 아무 소리도 들리지 않았다. 한별은 해원의 손바닥 위에서 축 늘어진 채 서늘하고 매끄러운 비늘을 느꼈다.

이 망할 세계에서 우리는

"우선 내 공간으로 보내줄게. 금방 올 거야. 알았지?"

물방울이 한별을 감쌌다. 세계가 무너지고 흘러내리며 수위가 점점 차오르고 있었다. 한 겹으로는 불안했는지 해원은 한별을 여러 겹으로 감싸 부드럽게 물 위로 띄워 보냈다. 한별은 이리저리 요동치는 물살 속에서 편하게 누워 점점 멀어지는 해원을 응시했다. 이곳에 온 뒤로 한 번도 오지 않은 잠이 쏟아질 것 같았지만 계속 눈을 깜빡 거리며 버티려고 했다. 그러나 물방울 밖이 아무리 소란스러워도 안은 푹신한 이불 위에 누운 것처럼 평화로워서 자꾸만 눈이 감겼다.

생기를 잡아먹으려는 세계와 무사히 내보내려는 힘이 충돌하며 한별을 감싸고 있던 물방울이 한 겹씩 깨졌다. 그러나 한별은 상황이 어떻게 되는지도 모른 채 곤히 잠이 들고 말았다.

해원이 남긴 의지는 무너지는 세계에서 한별을 안전하게 해원만의 공간으로 데려갔다. 아무것도 없는 텅 빈 공간에 다다르자 물방울이 사라지며 한별이 물 위에 누웠다. 해원의 공간은 고여 있었기에 순환을 통해 한별을 정화할 수 없었다. 한별은 해원이 깨우러 올 때까지 계속 눈을 뜨지 못했다.

　아주 짧은 꿈을 꾸었다. 꿈에서 엄마, 아빠, 오빠, 친구들, 동기들, 선배, 모르는 사람들이 나타났다. 그들은 이것만이 옳고 바른 길이라는 것처럼 정해진 길을 따라 물처럼 흘러갔다. 물은 위에서 아래로 흐르고 강에서 바다로 흘렀기 때문에 흘러간 사람들은 돌아오지 않았다. 한별은 그들을 따라가는 대신 그 자리에서 서 있었다.

　비가 내리고 사방이 물로 가득했다. 물안개가 뿌옇게 피어오르는 세상 속에서 한별은 유일한 별이자 움직일 수 없는 등대였다. 누군가를 향해 쉼 없이 빛을 뿌렸지만 다가오는 이는 없었다. 좌절하며 빛이 점점 사그라지려고 할 때 어둠 속에서 거짓말처럼 해원이 나타났다. 물이 해원이고, 해원이 물이라서 한별의 세상에는 해원뿐이었다. 해원이 점점 가까워졌다. 촉촉하게 젖은 해원은 금방이라도 사라질 것처럼 가녀리고 연약해 보이면서도 존재감이 뚜렷했다. 어디까지 가까이 오는 걸까. 그런 기대를 하는 스스로에 대한 자괴감 속에서 해원이 입을 열었다. 그러니까…….

"정신이 들어?"

눈을 감았는데도 해원이 있었고 눈을 떴는데도 해원이 있었다. 어떤 게 꿈이고 어떤 게 현실인지 구별되지 않아 말없이 눈만 깜빡이자 해원이 한별의 이마를 어루만졌다. 어설픈 손짓이었다. 이마에 닿은 서늘한 손이 못내 사랑스러웠으며, 그보다 더 괴로웠다. 가뜩이나 사는 게 힘든데 평범함을 벗어난 삶은 더 가혹하고 매정할 게 뻔했다. 집안을 먹칠한다며 아빠는 분풀이를 하고 엄마는 흐느껴 울 것이다. 친척들도 가정교육 운운하며 부모님을 공격하고, 공격받은 부모님의 분노가 한별에게 흐를 것이다.

그럼에도 불구하고…… 텅 빈 마음이 차오르는 감정에 세상이 달라 보였다. 첫사랑이라 그럴지도 몰랐다. 한별은 자신도 알아차리지 못한 감정이 몸을 움직였다는 게 신기했다.

"왜 그랬어?"

괜찮냐, 아픈 곳은 없냐는 질문을 제일 먼저 들을 줄 알았다. 그러나 왜 해원 대신 칼을 맞았냐는 질문을 듣게 될 줄은 몰랐다. 한별이 자신이 들은 게 맞나 싶어 눈만 깜빡거리자 해원이 재차 물었다.

"왜 날 구했어?"

"그냥…… 그냥 몸이 저절로 움직였어요."

"내가 인간의 탈을 쓰고 있다고 해서 착각하지 마. 나는 지고한 존재이며 마지막 남은 용이야. 인간인 네가 그러지 않았어도 아무 문제 없었을 거야."

해원은 이미 한별에게 도움을 청했고 낮은 자세로 진심을 고하기도 했는데, 해원 자신에게 향하는 직접적인 도움은 용의 고고한 자존심에 금이 가게 하는 걸까. 한별은 구해주고서 타박을 듣는 지금 이 상황이 당황스럽고 서글퍼졌다. 괜한 일을 한 걸까. 그래도 같은 상황이 오면 똑같이 행동했을 것이다.

"지금의 널 봐. 기운이 없어서 축 처져 있잖아. 이래서 꿈꾸는 자를 찾을 수는 있겠어? 혼자 두기 불안할 지경이야."

"절 걱정하는 거예요, 일을 그르칠까 걱정하는 거예요?"

"나는……."

해원은 말을 잇지 못한 채 얼굴을 붉혔다. 그게 인간을 걱정하게 되었다는 부끄러움 때문인지, 인간이 말꼬리를 잡아서 화가 나서 그런 건지 가늠하고 싶었다. 해원의 손을 잡고 얼굴을 가까이에서 보고 싶었다. 바닥에 손을 짚고 천천히 일어나려고 했으나 어지럼증이 몰려와 비틀거리고 말았다. 해원이 재빨리 잡아주지 않았다면 다시 쓰러졌을 터였다.

"봐. 너는 너무 약해서 한 방울의 악의도 견디지 못해."

"해원님이 제 옆에 있겠다면서요. 그러니까 괜찮아요."

"아까는 이름을 잘도 부르더니……."

"해원이라고 불러도 돼요?"

"……그래."

"해원."

이름이 불린 해원은 가만히 한별을 바라보다 한숨을 내쉬었다.

"너는…… 너는 악의에 물드는 게 뭔지 제대로 몰라서 그래. 내가 없으면 너는 이 물속 세계에서 잠도 올 테고 배도 고플 테지. 감각을 느낀다는 건 이 세계에 머무르고자 하는 힘이 점점 강해진다는 거야. 그러면 내가 돌려보내고 싶어도 돌려보내기 어려워."

"그럼 이곳에서 계속 해원과 같이 있게 되나요?"

말이 불쑥 튀어나왔다. 뱉고 나서야 무슨 말을 했는지 알아차리고 입안을 깨물었다. 아무 말이나 하려 했으나 해원의 안색이 좋지 않았다. 사랑하는 사람의 얼굴에 담긴 수심은 본능처럼 알게 되는 걸까. 한별은 왜 그러냐고 되묻는 대신 해원에게 의지해 바로 섰다. 해원은 흔들림 없이 한별을 지지했다.

누워 있을 때는 몰랐는데 서 있으니 어지럽고 울렁거렸다. 몸속에서 물이 빙글빙글 돌아 회오리를 만드는 것 같았다. 눈을 감아도 떠도 어지러워 견딜 수 없었으나, 자신의 팔을 잡고 있는 해원에게서 밀려오는 서늘함에 매달려 침착해지려 노력했다.

"죄송해요. 얼른 꿈꾸는 자를 찾으러 갈게요."

"이제 마지막이야. 어딘지 아니까 같이 가자. 그러니까 조금만 더 힘내줘⋯⋯."

"저는 괜찮아요. 마지막이니까 힘내볼게요."

한별은 해원의 팔에 기대 천천히 걸었다. 자신의 발이 아래를 제대로 딛고 있는지 분간도 안 갔지만, 옆에 있는 해원을 믿으며 세계를 건넜다.

이 망할 세계에서 우리는

이번에 온 세계는 밝고 화창했다. 하늘은 구름 한 점 없이 새파랗고 바람은 선선해서 소풍하기 좋은 날씨였다. 세계의 구성은 단출했다. 한식당 같은 한옥집이 하나, 벽이 투명 유리로 되어 있는 카페 하나가 다였다. 두 건물은 마주 보고 있었다. 꽃을 좋아하는 사람인지 건물 주변에는 붉은 장미가 탐스럽게 피어 있었고 카페 테이블 위에는 노란 프리지어가 꽃병에 아기자기하게 꽂혀 있었다.

게다가 주변에 돌아다니는 사람이 전혀 없었다. 이 세계의 주인공인 꿈꾸는 자는 무엇을 꿈꾸기에 다른 사람은 만들지도 않았을까.

"해원은 이런 곳 본 적 있어요?"

"있지."

"세계에 꿈꾸는 자 혼자 있는 경우도 있어요?"

"아주 가끔."

"하루가 반복되기 전에는 혼자 있으면 심심하거나 외로웠을 것 같아요."

그러자 해원이 한별의 얼굴을 빤히 바라봤다. 한별은 해원이 왜 그러는지 몰라 고개를 갸웃거리다가 해원이 혼자 있었던 걸 떠올리고 괜한 말을 했다고 후회했다. 자신의 말이 해원의 과거를 떠올리게 했을까 걱정되었다. 그런 한별의 마음을 알았는지, 해원이 입을 열었다.

"나는 용이다. 게다가 나만의 공간에 있기도 했고, 이곳에 있는 세계들을 구경하기도 했으니 괜찮다."

"용이라도 외로움은 알잖아요."

"알지……. 열 남매 중에 사랑받는 막내였는데 어찌 모를까."

해원의 목소리에는 슬픔과 외로움이 깔려 있었다. 물이 보여줬던 해원은 사랑받는 막내면서도 돌아오지 않는 오라버니들을 하염없이 기다리기만 하는 응석쟁이기도 했다. 그래서 더 후회하고, 용의 긍지와 의무를 지키려 노력하는 것 같았다. 서글픔이 맴도는 것 같아 서둘러 입을 열었다. 해원에 대해 더 많은 걸 알고 싶기도 했다.

"해원은 보통 뭘 했어요?"

"맛있는 걸 많이 먹었다. 나도 지극히 귀한 것들을 먹어 왔지만, 인간들의 음식은 색달랐지. 덕분에 혼자 이것저것 만들어보기도 했다."

"요리를 할 줄 알아요?"

"나와 함께 있을 때마다 먹었던 건 내가 만든 거다."

"정말이요? 전 호텔에서 파는 케이크인 줄 알았어요! 먹어본 적은 없지만요."

"맛있었다니 다행이군."

해원은 볼에 홍조를 띠운 채 수줍게 웃었다. 처음 보는 웃음이라 순간 심장이 덜컹거렸다. 한별이 움찔한 게 몸이 좋지 않아 발을 헛디딘 줄 안 건지, 해원이 한별을 강하게 잡고 부축했다.

"괜찮아?"

"네, 네⋯⋯. 괜찮아요. 우리 카페에 들어가요."

유일하게 환하고 선명한 곳이었다. 문을 열고 들어가자 리듬감 있고 경쾌한 음악이 나오고 있었다. 카페는 음악과 프리지어에 어울리게 밝고 화사했다. 아기자기한 소품들도 세세하게 구현되어 있어 꿈꾸는 자가 이 카페를 무척이나 좋아한다는 걸 알 수 있었다.

거리를 돌아다니는 사람이 아무도 없어서 카페에도 사람이 없는 줄 알았는데, 커다란 창문이 바로 보이는 자리 빼고는 테이블이 다 차 있었고 카운터에는 카페 직원이 있었다. 얼굴이 또렷하지는 않았지만 그래도 웃는 얼굴이라는 걸 느낄 수 있었다.

한별은 아이스 아메리카노, 해원은 카페의 시그니처 커피를 시켰다. 디저트를 고민하자 해원이 자신이 만든 걸 꺼내주겠다고 해서 음료만 주문했다. 자리에 앉으면 가져다주겠다는 말을 듣고 맑은 하늘과 꽃들이 액자처럼 잘 보이는 테이블에 자리를 잡았다. 해원에게 창문이 바로 보이는 자리를 권했지만, 해원은 그 자리에 한별을 앉히고 자신이 창문을 등지고 앉았다.

해원이 의자에 앉는 순간, 그림 같은 풍경 속에 있는 해원이 비현실적으로 느껴졌다. 푸른빛의 해원과 노란 프리지어가 어우러져 사랑스럽고 생기 있어 보였다. 늘 무표정했던 해원이었는데, 즐거워하는 게 느껴졌다. 한별 자신이 해원을 사랑스럽게 여기고 있어서 그런 건지도 몰랐다. 눈앞에 있는 게 진짜인지 꿈인지 순간적으로 분간이 안 되어 눈을 깜빡거렸다. 이상하게도 눈물이 나올 것 같아서 애써 참았다.

"평화롭네요."

"그러게. 이번에는 빨리 보낼 수 있겠어."

해원은 일이 빨리 끝나는 게 좋은 걸까. 다 돌려보내고 나면 해원이 어떻게 되는지 말도 안 해줬으면서……. 아프지는 않았지만, 악의에 물든 몸이 무거워 자꾸만 자세가 흐트러졌다. 그걸 보더니 맞은편에 앉아 있던 해원이 한별의 옆으로 자리를 옮겼다.

"나한테 기대."

"네……."

무거워진 머리를 해원의 어깨 위에 올려놨다. 해원이 물의 용이기 때문인지 닿아 있기만 해도 서늘한 기운이 느껴져 기분이 좋았다. 가만히 있으니 머리도 한결 가벼워진 것 같아서 대화할 기운이 났다.

때마침 직원이 쟁반을 들고 나타났다. 주문한 음료를 내려놓고 맛있게 드시라는 인사 후에 카운터로 되돌아갔다. 해원은 직원이 간 후에 손가락을 까딱거려 무화과타르트와 딸기생크림케이크가 나타나게 했다. 한별은 시원한 커피를 마시고 감탄했다.

"해원, 커피가 되게 맛있어요. 디저트도 잘 만들 것 같아요."

"내가 만든 게 더 맛있어."

투정 부리는 것 같은 말투에 웃음이 나왔다. 한별이 어깨에 기댄 채 맞는다고 고개를 끄덕이자 해원이 작게 웃는 소리가 들려 마음이 몽글몽글해졌다.

"음식 만드는 거 말고 또 뭘 했어요?"

"물 밖 세계에 있는 옷을 입어보기도 했지."

"진짜로요? 어떤 모습인지 궁금하다……. 요즘 옷이 더 편하지 않아요? 입어봤는데 별로였어요? 잘 어울릴 것 같은데."

상상만으로도 재밌었다. 고전적이고 단아하며 늘 푸른 한복만 입고 나타나는 해원인지라 원피스나 바지를 입은 모습을 떠올릴 생각은 못 해봤었다. 어떤 디자인이 잘 어울릴까. 밝은 색도 잘 어울릴까? 이리저리 생각해봐도 패션에 관심을 두지 않았던 터라 떠오르는 게 없었다. 그나마 한별이 자주 입는 검은색 맨투맨 티와 진한 청바지를 입혀보았다. 너무 자주 입어서 색이 바랜 옷 말고 진한 검은색 옷으로.

해원이야 뭘 입든 어울리지 않겠느냐마는 더 밝은 게 어울릴 것 같았다. 전에 봤던 옷과 비슷한 연한 복숭아 색 블라우스를 떠올렸다. 지금 입고 있는 한복처럼 하늘하늘한 재질이라 큰 이질감 없이 잘 어울릴 것 같았다. 어릴 적처럼 환하게 웃는 모습까지 떠올리니 저절로 웃음이 나왔다.

"나는 용이니까. 긍지와 체면을 지켜야 해."

해원의 사랑스러운 모습을 떠올리는 것도 잠시, 냉엄한 해원의 말에 정신을 차렸다. 여러 번 들은 데다가 해원에게 깊은 관심이 생겨서 알 수 있었다. 해원이 그 말을 할 때는 당연히 해야 할 일을 한다는 것보다는 자기 자신에게 되뇌는 것처럼 보였다.

"용은…… 행복하면 안 되나요?"

고개를 들어 해원을 바라봤다. 조금만 더 가까우면 코끝이 닿을 만한 거리였다. 이렇게 가까이에서 얼굴을 보는 건 처음이라 심장이 뛰었는데 해원은 아무렇지 않은 것 같았다. 그 얼굴을 보니까 침착해져서 해원이 답을 할 때까지 바라볼 수 있었다. 해원은 침묵을 지키다가 고개를 돌려 테이블을 바라봤다.

"나는 오라버니 등 뒤에 숨어 비겁하게 생을 이어오고 있었어. 내 개인의 행복보다는 주어진 의무를 다하는 게 먼저야."

"맛있는 건…… 먹잖아요. 이 디저트도 해원이 만든 거고. 이건 용의 긍지를 상하게 하지 않는 건가요? 옷은 뭐가 다른데요? 몸가짐 때문에? 행복이랑 의무와 긍지가 상반되는 거예요? 행복하면서도 긍지를 지킬 수 있잖아요. 계속 괴로워야만 하나요? 어째서요? 여기는 바라는 게 이루어지는 곳인데 어째서 이 세계를 지키는 용은 행복을 바라면 안 되나요? 오라버니들이 행복하지 말라고 했어요? 해원의 가족들이 그렇게 나쁜가요?"

따지려던 건 아니었지만 말을 하면 할수록 따지는 것처럼 되었다. 한별의 불행은 해원의 불행이 아니었으나, 해원의 불행은 한별의 불행이었으므로.

해원의 과거에서 보았던 해원의 가족들은 해원을 무척이나 사랑했다. 그분들은 해원의 행복만을 바랐을 거라고, 그래서 세상과 유리한 또 다른 세계를 만들어 꽁꽁 싸매고 어화둥둥 애지중지 여긴 거라고 생각했다. 비록 그게 해원이 물 밖으로 나가는 것에 대해 단 한 번도 생각하지 못한 채 이곳에 발이 묶이게 된 이유라고 해도, 그들이 제일 바란 건 해원의 행복이었을 터였다.

오라버니들이 가져오는 색다른 물건에 호기심을 가지고 관찰하던 모습도 떠올랐다. 잘 웃고 잘 떠들던 어린아이가 이렇게 무표정하게 변하기까지 얼마나 많은 일이 있었을까.

"네 말은 못 들은 거로 하겠어."

해원은 사랑받았다. 비록 그 사랑이 온실 혹은 새장 같은 물속 세계에 해원을 두는 것이라 해도, 세상이 워낙 어수선했기 때문에 어린 해원을 지키기 위한 방법이라고 생각하면 이해 못 할 것도 아니었다. 그러나 해원이 물 밖으로 나가는 것 자체를 생각하지 못하는 건 큰일이었다. 오라버니들이 오지 않으면 해원이 나가서 만날 수도 있었는데, 그저 돌아오기만을 하염없이 기다리기만 하다가 이제는 용의 의무를 지키기 위해 무너질 세계에 머무르고 있었으니까.

갑작스러운 토로에 한별이 어지럼증을 느끼며 눈을 감자, 해원이 한별의 얼굴에 조심스럽게 손을 올려 자신의 어깨로 살며시 기대게 했다. 듣기 싫은 말을 한 상대를 배려하는 다정함 때문에 속이 더 쓰렸다. 한별은 해원에게서 전해져오는 서늘함과 청명함을 느끼며 다시 눈을 떴다.

계속 대화를 이어가려던 찰나에 카페 문이 열리며 한 사람이 들어왔다. 목덜미를 덮는 단발에 하얀색 블라우스와 검정색 슬랙스를 단정하게 입고, 행복하게 웃는 이가 망설임 없이 카운터까지 걸어갔다.

"안녕하세요!"

"안녕하세요. 차려입으신 거 보니까 드디어 그날이군요! 잘될 거예요. 화이팅!"

"안 그래도 떨렸는데 감사해요!"

단골 카페였는지 인사를 주고받는 목소리가 경쾌했다. 일행이 더 있는지 아메리카노 두 잔과 조각 케이크를 주문하는 게 들렸다. 해원과 한별이 앉은 자리가 여자의 지정석이었는지 곧바로 걸어오다가 멈칫했다. 여자는 낯선 상황에 당황한 표정을 짓다가 조심스럽게 다가왔다.

"저…… 죄송하지만 자리를 양보해주실 수 있을까요? 오늘 저에게 중요한 날이라 부탁드릴게요."

한별은 여자의 얼굴을 가만히 들여다보았다. 여기서 봤던 존재들 중 가장 또렷한 얼굴이었다. 구현한 게 적어서 그런 걸까? 아니면 자기 확신이 뚜렷하기 때문일까? 여자는 설렘과 기쁨으로 밝게 빛나고 있었다. 누가 봐도 이 세계의 주인공이었다.

여자가 어떤 걸 바라고 있는지 알아야 돌려보낼 수 있었다. 빈자리를 찾기 위해 주위를 둘러보았으나 남는 자리가 없었다. 여자도 주위를 둘러보고 남는 자리가 없다는 걸 알고 난처한 기색을 보였다. 그러자 옆에 있던 사람이 다 마시지도 않은 커피를 쟁반 위에 올리고 카운터에 가져다주고, 짐을 정리해 카페를 나갔다. 꿈꾸는 자를 곤란한 상황에 빠뜨리게 할 수 없다는 세계의 뜻이었다.

여자는 재빨리 카운터에서 행주를 가져와 테이블을 닦아주고, 이쪽에 앉으면 안 되겠냐는 눈빛을 했다. 이렇게 하지 않아도 비켜줬을 텐데 여자의 행동이 간절해서 바로 고개를 끄덕였다. 일어나면서 비틀거리자 해원이 재빨리 부축했다. 그제야 한별의 상태를 눈치챈 여자가 화들짝 놀라며 손을 내저었다.

"죄, 죄송해요. 아픈 줄 모르고!"

"괜찮아요. 중요한 날이라면서요."

그러자 여자가 옆으로 와 같이 한별을 부축해 옆 테이블로 자리를 옮겼다. 여자는 한별과 해원이 나서기 전에 음료와 케이크를 옮겨주고, 새로운 케이크까지 갖다 줬다.

"죄송해요. 고맙습니다. 실은 오늘 애인이랑 저희 부모님을 만나는 날이거든요. 여기 창가를 배경으로 앉아 있으면 엄청 예뻐서요. 애인이 부모님 눈에 조금 더 예뻐 보였으면 했어요. 정말 감사합니다."

여자는 고개를 연신 숙이며 고마움을 표현했다. 물 밖 세계에서는 그 사랑이 이루어지지 않아서 이런 세계를 만든 걸까? 여자는 창가를 등진 채 앉았다. 저 창문을 배경으로 바라본 해원이 얼마나 눈이 부시게 아름다웠는지 떠올리며, 하나하나 마음을 담아 준비하려 하는 여자의 사랑을 짐작했다. 한별은 해원의 어깨에 기대 어떤 사람이 들어올지 기다렸다.

직원이 여자가 주문한 음료를 들고 테이블 위에 내려놓고 돌아가자 누군가 들어왔다. 하얀색 블라우스와 종아리까지 오는 연한 하늘색 치마를 입은 여자였다. 여자는 망설임 없이 혼자 앉아 있는 여자에게 다가와 말을 걸었다.

"수현아!"

여자는, 이 세계의 주인공은 새로 등장한 여자가 말을 걸자 더 화사하게 빛났다. 누가 봐도 사랑에 빠진 얼굴이었다. 두 여자는 나란히 앉아 상대방의 머리를 쓸어내리고 옷매무새를 단정하게 매만지고 있었다.

"언니, 오늘 너무 예쁘다. 다시 반했어."

"진짜? 수현이의 부모님도 좋아해주실까?"

"물론. 이렇게 예쁜 딸이 한 명 더 생겼다고 좋아하실

걸."

수현이 그 말을 하자 견고하던 세계가 출렁거렸다. 그
말이 거짓말이라는 것처럼. 그러나 세계는 빠르게 안정을
찾았고, 수현과 그 연인은 서로를 보며 다정히 웃었다.

"세계는…… 바란 지 오래되었거나 꿈이 아주 구체적
일수록 또렷해져. 수현은 이 상황을 무척이나 바란 것 같
아."

한별은 눈앞에서 동성커플을 실제로 본 게 처음이었다.
TV에서 동성애와 관련된 이야기가 나오면 부모님은 욕
을 하거나 눈살을 찌푸리곤 했다. 어떤 날은 부모님의 가
슴에 대못을 박으면 자기들은 행복할 줄 아냐며 혀를 찼
고, 어떤 날은 아기가 태어나지 않아 인구가 소멸할 위기
라는데 이기적이라며 화를 냈다. 부모님이 한별에게 동의
를 구할 때면, 그 뜻을 거스르지 않기 위해 고개를 끄덕일
수밖에 없었다.

그래서 두려웠다. 해원에게 기대고 싶고, 해원을 돕고
싶은 마음이 자꾸만 커져서. 이 세계는 특별한 곳이고, 이
곳에서 대화가 통하는 상대는 해원뿐이었으며, 해원은 인
간도 아닌 신비롭고 아름다운 용이었다. 하나하나가 사랑

에 빠질 이유였고, 하나하나가 사랑하면 안 될 이유였다.

해원에 대한 마음이 새벽 바다에서 천천히 떠오르는 태양이나 비가 거세게 오는 날 더 거칠게 파도가 몰아치는 바다를 보는 것과 비슷하다고 생각하려 노력했다. 그러지 않으면 잡아먹힐 것 같았다. 이미 해원에게 단단히 사로잡힌 줄도 모르고.

눈앞에 있는 커플은 참 사랑스러웠다. 서로에게 눈을 떼지 못하고 웃으면서 손가락을 만졌다. 수현의 부모님을 기다리고 있는지 계속 시간을 확인하고 심호흡을 했다. 음료를 한 번에 들이켜고도 목이 타는지 카페 구석으로 가 물을 따라서 사이좋게 나눠 마셨다. 수현의 애인은 빈 잔을 들고 카운터로 가 새로운 음료를 들고 왔다. 카페인이 없는 아이스티라며 웃었다. 애인이 컵에서 상의로 떨어진 물방울 자국을 손으로 쓸어보고 속상해하자 얼른 마를 거라고 속삭였다. 나지막한 웃음과 살랑거리는 보사노바 음악이 잘 어울렸다. 창문 너머에는 생생하게 내리쬐는 햇살 아래 연분홍색 장미가 활짝 피었다. 달짝지근한 봄 같기도 했고, 뜨거운 한여름 같기도 했다.

물 밖에서는 어떨지 모르겠다. 가족이나 친한 친구에게

도 알리지 못한 채 숨죽여 사랑하고 있을 수도 있고, 다른 사람의 시선은 신경 쓰지 않지만 부모님과는 절연한 게 마음에 걸려 이런 세계를 바란 걸 수도 있었다. 그러나 물 밖에서나 물속에서나 변하지 않는 건 두 사람의 사랑이었다. 그렇지 않고서야 이렇게 눈부시게 선명한 세계를 만들어내지 못할 것이다. 바라보고 있는데 눈물이 났다. 눈물은 눈꼬리에서 흘러내려 기대고 있는 해원의 어깨를 적셨다.

"왜 울지? 많이 아픈가?"

해원이 당황했는지 몸을 돌리려고 했다. 그러나 한별은 팔을 움직여 해원의 팔에 엮어 매달렸다. 어쩌면 팔짱을 낀 건지도 모르겠다. 해원은 그걸 뿌리치지 못하고 가만히 있었다. 천이 사락거리며 그 아래 해원의 체온이 느껴졌다. 해원은 머리끝부터 발끝까지 체온이 낮은 것 같았다.

"아픈 게 아니라…… 이 세계가 너무 선명해서요. 눈이 시려서 잠깐 눈물이 난 거였어요."

"그래. 이곳이 유난히 선명하긴 하지……."

사랑을 깨달은 지 얼마 되지 않았는데, 고백도 하기 전에 차인 것 같았다. 이루어질 수 없는 사랑이라 분하거나

오기가 생기지는 않았다. 해원이 원하는 걸 하자. 맡은 일을 끝까지 해내자. 그 생각밖에 없었다. 누군가를 사랑한다는 건 그 사람이 행복하길 바라고, 그럴 수 있도록 노력하는 것 같았다. 돌아오지 않는 사랑에 익숙해져서 고백할 생각도 못 한 채 먼저 포기하고 체념하는 건 아닐까, 그런 생각이 들긴 했지만 애써 지웠다. 창문 밖으로 보이는 풍경이 눈부셔서 자꾸만 눈물이 났다.

기다린 지 얼마 되지 않아 카페에 두 사람이 들어왔다. 수현의 부모님이었다. 누가 봐도 가족이라는 걸 알 수 있을 정도로 세 사람은 닮아 있었다. 수현과 애인의 분위기 또한 닮아 있었기에 모르는 사람이 보면 네 사람이 다 가족이라고 생각할 것 같았다.

두 사람은 부모님을 보자마자 벌떡 일어났다. 수현의 부모님은 자신의 딸과 딸의 동성 애인을 보고 낯을 가리는 것처럼 어색해 보였다. 문 앞에서 가만히 서 있다가 천천히 테이블을 향해 걸어갔다. 수현의 아버지는 자리에 앉지 않고 멀거니 두 사람만 바라보았다. 두 사람은 앉으라는 말도 못 한 채 서로 두 손만 꼭 잡고 있었다. 그러자 수현의 어머니가 티 나지 않게 남편을 안으로 밀어 앉혔다.

"서 있지 말고 앉아. 앉으세요."

"네, 네."

두 사람이 허둥지둥 앉았다. 수현의 어머니는 얼굴에 은은한 웃음을 매달고 찬찬히 두 사람을 살펴보았다.

"반가워요. 우리는 수현이의 엄마, 아빠예요."

"안녕하세요. 이소현이라고 합니다."

"어머, 수현이랑 분위기도 비슷한데 이름까지 비슷하네."

소현은 긴장한 기색을 지우지 못했지만 바른 자세로 정중하게 말했다. 수현의 어머니는 다정하고 차분하게 소현을 대했으나, 수현의 아버지는 말없이 앉아 있을 뿐이었다. 침묵만 흐르는데 미리 주문해둔 음료가 나왔다. 각자 입맛에 맞춘 건지, 수현의 아버지에게는 아이스 아메리카노가, 수현의 어머니에게는 주홍색 음료가 나왔다. 그러나 음료를 마시는 사람은 아무도 없었다. 수현이 부모님과 소현을 둘러보다가 입을 열었다.

"엄마, 아빠. 정식으로 소개할게요. 제가 사랑하는 언니예요."

"음."

수현의 아버지가 짧고 굵은 소리만 내자 긴장했는지 소현의 얼굴이 하얗게 질렸다.

"우리 딸이 언제 애인을 소개해주나 했는데…… 이렇게 예쁜 사람을 소개해줄 줄은 몰랐네."

당황스럽다는 걸 돌려서 말하는 건지, 진심인 건지 알수 없었으나 이곳은 사랑하는 사람과 함께 있는 걸 바라는 수현의 세계였다. 수현의 소중한 사람인 소현을 상처입힐 일은 절대 없는 세계.

"딸이 한 명 더 생긴다니, 당신도 기쁘죠?"

"음."

"호호, 애 아빠가 말수가 적고 무뚝뚝하긴 해도 속은 따뜻해. 기쁘다는 뜻이니까 표정 펴도 돼, 소현아. 이렇게 불러도 되지?"

"네, 네. 감사, 감사합니다……. 제가 잘할게요. 정말로요. 감사합니다. 죄송합니다……."

"내가 다 고맙지. 못된 시어머니 같은 딸이 평생 우리랑같이 산다고 하면 어쩌지 걱정했는데."

"엄마!"

"아이고, 저 봐. 저렇게 쥐 잡듯이 나를 잡으려 한단다. 소현이는 괜찮겠어? 수현이가 뭐라고 하면 우리한테 말해. 하소연 들어줄게."

"제가 자주 연락드려도 될까요?"

"물론이지. 수현이는 집에 연락도 안 하는데, 소현이가 해주면 우리는 좋지."

"자꾸 내 흉볼 거야?"

수현은 그렇게 말하면서도 얼굴에는 웃음이 가득했다. 부모님과 사랑하는 사람이 좋은 관계로 지낼 수 있다는데 얼마나 좋을까.

"예쁘네, 예뻐. 잘 어울린다."

수현의 어머니는 그렇게 말하며 환하게 웃었다. 네 사람의 주변에서 반딧불처럼 은은하고 다정한 빛이 반짝거렸다. 빛은 카페에 흐르는 발랄하고 경쾌한 음악에 따라 춤을 추듯 허공을 떠다녔다.

그 후로 네 사람은 사소하고 일상적인 대화를 했다. 직업은 뭔지, 모아둔 돈은 있는지, 결혼식은 할 건지, 집은 어디에 구할 건지, 매매인지 전세인지, 주변 사람들이 두 사람 사이를 아는지 등, 이런 질문은 하지 않았다. 고기

먹은 뒤에 후식으로 밥과 냉면 중 뭘 좋아하는지, 자신들은 주말에 같이 등산을 하는데 휴일에 같이하는 취미가 있는지, 매운 음식을 좋아하는지 등. 그 사람에 대해 알 수 있는 걸 물었다.

그러면 소현은 하나하나 정성스럽게 답했다. 김치말이 국수가 있으면 그걸 먹고 없으면 밥을 먹는다, 휴일에는 밀린 집안일을 하고 드립커피를 내려 넷플릭스를 본다, 매운 건 잘 못 먹는데 수현이 좋아해서 가끔 같이 먹는다 등. 답하고 다시 어머님은 어떤 걸 좋아하는지 물었다.

수현의 어머니가 제일 좋아하는 음식은 크림 스파게티였고, 수현의 아버지는 수현의 어머니에게 종종 꽃다발을 선물하는 분이었다. 수현은 부드럽고 느끼한 걸 좋아하는 부모님과 다르게 매운 걸 좋아해서 별종이라는 말을 들었으며, 오히려 소현이 수현의 부모님의 식성과 비슷했다. 수현과 소현이 좋아하는 음식 중 하나가 로제 찜닭이라고 하자 수현의 부모님이 그런 게 있냐며 눈이 휘둥그레졌다.

"같이 드시러 가실래요? 근처에 로제 찜닭 잘하는 집이 있어요."

"좋지. 엄마가 한턱 쏜다!"

"와! 좋아요!"

네 사람은 자리에서 일어나 카페를 나섰다. 시간이 꽤 지난 것 같았는데 해가 기운 기색도 없이, 창밖은 여전히 화창하고 아름다웠다. 창문 너머로 네 사람이 지나가고 있었다. 바람이 살랑살랑 부는지 머리카락이 가볍게 나부꼈다. 그 모습을 보다가 수현과 눈이 마주치자 수현은 한별에게 환하게 웃어 보였다. 햇살이 내리쬐는 풍경보다 더 환하고 맑은 웃음이었다.

카페 안에는 가사 없는 음악이 계속 흘러나왔다. 해가 기울지 않아 하루의 끝을 알아차릴 수는 없었으나, 네 사람의 퇴장으로 하루가 곧 끝나고 다시 시작될 걸 알았다.

"부럽다……."

"뭐가 부럽다는 거지?"

"사랑하는 사람이 있는 것도, 저렇게 행복하게 웃는 것도 다 부러워요. 혹시 이 모든 게 다 허상이에요?"

"한별, 너는 어떻게 생각하지?"

"수현 언니와 소현 언니는 애인이고, 수현은 부모님과 잘 지내고 싶어 하는 것 같아요. 현실에서는 매정하셨던 걸까요? 아니면 애인을 소개하는 걸 걱정해서 그런가?"

가족에게 사랑을 갈구하다가 체념하고 이제는 벗어나고 싶으면서도, 마음 한구석에 엄마가 자신을 사랑해주길 바라는 마음이 남아 있다는 것을 안다. 그래서 서로를 사랑하는 사람이 있다는 게 너무 부러웠다. 가족에게서 벗어나더라도 뿌리를 내릴 수 있도록 의지가 되는 사람이 있었다면 한별도 더 일찍 홀로 설 수 있었을까?

　빨리 수현을 진짜 소현의 곁으로 보내주고 싶었다. 늘 반복되는 하루 말고, 대화하고 함께 영화를 보고 손잡고 산책을 하고 같이 요리를 하고 한 침대에서 잠드는 일상이 있는 곳.

　자신이 좋아하는 사람도 자신을 좋아한다는 건 정말 대단하고 특별한 일이었다. 해원의 어깨에 가만히 기대고 있는 것만으로도 좋았다. 이루어지지 못할 사랑이라는 걸 알지만, 그래도 좋았다. 이것만으로도 좋은데 해원의 손을 잡은 채 거리를 걷고, 서로의 옷을 골라주면 어떤 기분일까?

　"서로를 사랑한다는 건 어떤 느낌일까요? 해원은 두 사람을 보면 무슨 생각이 들어요?"

　"글쎄……. 별생각 안 한다."

"물 밖으로…… 나가보고 싶다는 생각은 안 해봤어요?"

"물 밖은 위험해. 얼마나 위험하면 오라버니들이 모두…… 돌아오지 못했겠어."

"이제 여기가 더 위험한 거 아니에요?"

"그만."

해원은 더는 말하고 싶지 않은지 단호하게 말했다. 그러나 해원의 말을 듣자 더 이해가 가지 않았다. 능력이 없는 것도 아니면서 왜 이곳에만 갇혀 있던 걸까. 밖이 위험하다는 오라버니들의 말을 계속 들어서 지레 겁먹은 건 아닐까?

"더는 이 이야기를 하지 마라."

"하지만!"

"한별. 나는 네게 이곳에 남은 존재들을 돌려보내달라는 부탁을 했다. 내게 간섭하는 게 아니라."

해원은 냉정하게 말하면서도 한별의 고개가 힘없이 넘어가려고 하자 재빨리 손을 뻗어 잡아주었다. 일반 사람보다 낮은 체온이 다정하게만 느껴져서 한별은 고개를 내저었다. 일어나려고 했지만 아직 몸에 힘이 들어가지 않았다. 그러자 해원이 진정하라는 듯 볼을 쓰다듬었다.

"그러면 내가 간섭할 수 있게 하지 말아야죠."

어디서 그런 힘이 났을까. 한별은 자세를 바로 세우고 얼굴을 돌려 해원을 올곧게 직시했다. 오랜 시간 살아온 용이라서 그럴까. 해원은 당황한 기색도 없이 한별을 마주 볼 뿐이었다. 아무 반응도 없는 모습이 분하기도 하고 슬프기도 했다. 자신은 해원에게 도움을 줄 수는 있어도 감정적인 교류를 할 수 있는 사람은 아닌 걸까. 몸이 아파서 마음도 약해진 건지 눈물이 나왔다. 뚝뚝 굴러 떨어지는 눈물을 보고서도 해원이 아무런 반응도 하지 않을까 무서워 눈을 감아버렸다.

"왜 또 우는 거지? 아직도 눈이 시린 건가?"

"그런 거 아니에요."

"그러면 왜 울지? 인간의 감정은 널뛰기 같아 종잡을 수가 없구나. 그렇게 지켜봤는데도 어려워."

해원이 자신의 눈물을 닦아주는 손길이 느껴졌다. 눈을 뜨니 해원이 옷소매를 잡고 살짝 눌러 눈물을 닦아주고 있었다. 의무를 다하기 위해 생을 바치려는 근엄한 용에게도 한낱 인간의 눈물을 보고 놀라 손수 닦아주는 다정함이 있었다. 이곳에 남아 있는 존재들을 지키는 것이 용의 의무라 그런 걸까. 한별이 특별해도 지금은 물속 세계에 있는 존재였다. 그러니까 자신만을 위한 다정함이라고 착각해서는 안 된다. 그러면 자신을 괴롭게 했던 선배와 다를 게 없다. 한별은 눈을 연신 깜빡이며 눈물을 털어내기 위해 애썼다.

해원을 바라보면 또 눈물이 나올 것 같아서 눈물로 인해 짙푸르게 젖은 옷소매만 바라봤다. 그 아래 있는 하얗고 고운 손가락을 붙잡고 싶었다. 자신을 사랑해주면 안 되냐고 묻고 싶었다. 가족에게도 사랑받지 못한 자신이 불쌍하지 않느냐고 말하며 동정받고 싶었다. 해원이 원하는 목표를 멋지게 이뤄주고 싶었다. 해원과 헤어질 때도 예뻐 보이고 싶었다.

사랑은 사람을 자꾸만 뒤흔들고 보이고 싶지 않은 모습도, 보여주고 싶은 모습도 새롭게 드러나게 하는 것 같았다. 사랑하는 사람이 자신을 사랑하는 걸 알고 환하게 웃는 사람을 마주하니까 더더욱 서글퍼지고, 그럴수록 한별이 좋아하는 해원이 자신을 사랑해줬으면 하는 욕심이 커져서 힘들었다.

그렇지만 힘든 것보다 좋아하는 마음이 더 컸다. 해원

이 외롭고 힘들어도 끝까지 의무를 다하는 용이라서, 자신의 목숨을 포기하거나 원치 않게 흘러들어 온 존재를 외면하지 않는 다정한 용이라서 좋았다. 그런 해원을 도울 수 있어서, 해원이 눈앞에 있어서, 해원이 자신의 눈물을 외면하지 않아서 행복했다.

헤어지기 전까지 서글픔과 분노보다는 기쁨과 환희를 느끼고 싶었다. 한별과 해원이 함께할 수 있는 시간이 곧 끝나가므로. 그러나 포기하지 못하는 건 자신이 미련해서일까. 미움받을지도 모른다는 공포를 짓누르며 또박또박 말했다.

"이곳에 남은 존재들을 위해 이렇게 노력하면서 왜 해원 자신은 내버려두는 거예요?"

"하지 말라고 했어."

"아니요! 솔직히 말해봐요. 의무를 다한다는 게 뭔데요? 그거 그냥 붕괴할 물속 세계와 함께 사라진다는 거 아니에요? 해원은 정말 사라지고 싶어요? 물 밖으로 가요. 나가도 괜찮아요. 위험하지 않아요."

"싫다. 난 여기에 있을 거야. 내게 의무를 저버리라고 하지 마!"

"누가 그 의무를 준 건데요! 해원이 해원에게 준 거잖아요!"

한별은 갑자기 화가 나서 자리에서 벌떡 일어났다. 머리 끝까지 치밀어 오른 분노는 눈물이 되어 후두둑 떨어졌다.

"의무, 의무! 해원은 사라지고 싶은 거잖아요. 해원에게 주어진 것들을 말끔하게 정리하고 사라지려고 하는 거잖아요. 내가, 내가…… 해원을 끝으로 몰고 가는 거잖아요……. 싫어요, 그런 거 싫단 말이에요."

엉엉 울었다. 엄마에게 사랑해달라며 엉엉 울기만 했던, 어른스러워지기 전의 어린아이가 난데없이 튀어나왔다. 결국 체념하고 포기해 사라진 줄 알았는데 어딘가 숨어 있었나 보다. 해원에게 감정을 숨기고 싶지도 않았고 숨겨지지도 않았다. 찰랑거리는 사랑이 눈물이 되어 흘러넘치는 것 같았다. 그래도 해원이 당황스러울 것 같아 애써 감정을 추스르는데 늘 무표정했던 해원이 정말 당황스러워하는 걸 보자, 그래도 자신이 해원의 감정을 일렁거리게 할 수 있는 존재가 되었다는 게 벅차서 또 눈물이 나왔다.

"해원이 사라지는 게 싫단 말이에요……."

울고 있어서 수현이 카페 안으로 들어온 줄도 몰랐다. 주문을 끝마쳤는지 지정석에 앉아 있었다. 다른 사람들은 한별과 해원에게 눈길도 주지 않았는데 수현은 신경이 쓰이는지 계속 힐끗힐끗 쳐다보다가 말을 걸었다.

"이렇게 계속 울면 탈진하겠어요. 그만 울고 물 좀 마셔요."

수현은 누가 봐도 멋진 커리어우먼이었고, 한별이 어려 보여서 그런지 동생을 달래는 것처럼 다정하게 말했다. 물도 떠 왔는지 눈앞에 컵을 내밀었다. 한별이 컵을 잡으면서 수현과 손가락이 스쳤다. 그것만으로도 세상이 살짝 흔들렸지만, 빠르게 잠잠해졌다. 수현의 중심이 단단하기 때문인 것 같았다. 한별은 훌쩍거리면서도 물 한 컵을 다 마셨다.

"옳지, 잘 마시네."

"감사, 합, 니다."

해원이 다정하긴 했어도, 해원의 속을 계속 뒤집는 자신을 달래줄 거라는 생각은 하지 않았다. 그런 사이가 아니었으니까. 이 감정은 한별의 일방적인 감정이고, 오히려 갑자기 울어 해원을 놀라게 해서 미안했다. 눈물을 쓱 쓱 닦고 해원을 바라보니 입술을 깨물고 인상을 쓰고 있었다. 마치 울음을 참는 것처럼.

그 얼굴을 보고 나니 해원이 어쩌면 어릴 수도 있겠다는 생각이 들었다. 용과 사람의 시간은 다르겠지만, 혼자였던 시간이 많았고 다른 존재와 교류하지 못하고 지켜볼 수밖에 없었을 테니.

자신은 이렇게 엉엉 울었지만, 해원은 환하게 웃길 바랐다. 그러나 해원이 운 적이 있었을까? 울어도 눈물을 닦아주는 이가 있었을까? 톡 치면 눈물이 떨어질 것 같아, 한별은 해원을 향해 쓰러지듯 몸을 기울였다. 그러자 해원이 놀라 두 팔을 펼쳐 한별을 받아냈고, 한별 또한 두 팔을 펼쳐 해원을 끌어안았다.

한별의 어깨 부근이 촉촉하게 젖어들었다. 다른 사람에게 해원의 우는 모습을 보여주고 싶지 않아서 더 강하게 끌어안고 싶었는데 힘이 들어가지 않아 가만히 있는 게 고작이었다. 그러자 해원이 한별 몫까지 강하게 끌어안았다. 압박감이 느껴졌지만, 물속에 있는 것처럼 평온했다.

"싸우더라도 잘 화해하면 돼요. 벌써 한 것 같지만요. 사랑할 시간도 부족하잖아요."

수현은 그 말을 남기고 옆 테이블로 돌아갔다.

"날 위해 울어줘서 고맙지만, 용은 이미 잊힌 존재라서 어쩔 수 없어. 그러니까 더는 이리 내 마음을 흔들지 마."

자신의 귓가에 속삭이는 말을 들으니 마음이 아팠다. 그렇지 않다고 말하고 싶었으나 한낱 인간인지라 입술이 떨어지지 않았다. 그저 해원의 머리를 쓰다듬고 등을 다독거릴 뿐이었다.

"언니! 쟤들 너무 귀엽지 않아? 우리 어릴 때 같아!"

"그러게. 너도 엄청 울었는데."

"나만 울었어? 언니도 많이 울었거든? 언니는 지금도 울고 있겠지? 내가 닦아줘야 하는 건데."

물속 세계에 있는 수현이 물 밖의 상황을 언급하자, 소현을 제외한 모든 사람이 물이 되어 바닥에 찰랑거렸다. 허리까지 올라오는 물을 보고 놀라서 힘겹게 몸을 뗐다. 해원의 도움을 받아 수현 쪽으로 몸을 돌리자, 오로지 소현만이 아롱거리는 빛을 내며 그림처럼 앉아 있는 게 보였다. 수현은 그런 소현을 애틋하게 바라보다가 입을 맞췄다. 얼음이 녹아내리는 것처럼 소현은 물방울이 되어 천천히 수현의 온몸을 적셨다.

"그러니까 빨리 보내줘."

그 말을 듣고 해원이 일어나려 하는 게 느껴져 해원을 붙잡고 말았다. 조금이라도 더 해원과 함께 있고 싶었다. 수현을 돌려보내야 하는데, 그래야 해원의 부탁을 들어줄 수 있는데, 수현이 가면 모든 게 끝이었다. 한별은 저도 모르게 수현을 말리는 말을 하고 말았다.

"조금만…… 조금만 더 여기에 있으면 안 돼요?"

"미안. 날 기다리는 사람이 있어서. 얼른 만나서 껴안고 키스하고 싶어."

그러고 웃는데, 웃는 것도 성숙해 보여서 정말로 어른이라는 느낌이 물씬 풍겼다. 자신도 수현과 비슷한 나이가 되면 여유 있는 사람이 될 수 있을까?

"언니는 안 무서워요? 여긴 언니 세상이니 모든 게 언니 편이지만, 물 밖은 아니잖아요."

"무섭지. 그런데 소현 언니를 아주 많이 사랑하니까 괜찮아. 너도 그렇지 않아?"

수현의 세계는 수현의 뜻에 따라 천천히 물이 되어 비처럼 내렸지만, 한별은 해원의 보호 아래 젖지 않았다. 한별을 감싸고 있는 구체는 물 위로 둥실둥실 떠올라 빗방울을 따라 수면 위를 맴돌았다. 해원은 어느새 용이 되어 수현에게 손을 내밀고 있었다.

"헤어질까 두렵지 않아요?"

"사랑할 시간도 부족하다니까!"

수현은 용이 된 해원의 손 위로 거침없이 올라갔다. 해원이 가볍게 꼬리질을 하자 한별을 감싸고 있던 구체가 천천히 세계 밖을 향해 흘러갔다. 해원은 한별을 잠시 지켜보다가 위로, 물 밖으로 올라갔다.

앞이 제대로 보이지 않을 만큼 비가 내렸다. 빗물은 강이 되어 한별을 태우고 어딘가로 흘러갔다. 한별이 지나왔던 세계도, 처음 보는 세계도 있었지만 다 물로 변해 흘러내리고 있었다. 색을 잃고 불길했던 세계 또한 유리처럼 깨지고 부서져 어디선가 흘러온 물살에 휩쓸려 조용한 곳에 도달했다. 반짝반짝 빛나는 물은 은하수 같아 아름답게 보였지만, 구체가 한별을 안전하게 감싸고 있어 손을 내밀어 만져볼 수 없었다.

안온하고 다정한 구체였다. 그 어떤 위험이 있어도 두렵지 않을 만큼. 그러나 구체 밖으로 손을 뻗을 수도, 가고 싶은 해원의 공간으로 갈 수도 없었다. 해원이 혼자 있었던 곳이 이런 느낌이 아니었을까? 한별은 온몸에 힘을 모아 주먹을 내질렀다. 물렁거리면서도 탄탄한 구체는 물거품이 터지듯 쉽사리 터졌다.

잔잔하고 아름답게만 보였던 물은 거칠고 사나웠다. 비는 계속 내리고 물살은 한별을 자꾸만 잡아끌었다. 한별은 이겨내려고 했지만 크게 내려친 물살을 맞고 물 아래로 가라앉았다. 물은 흐르고 흘러 기절한 한별을 어딘가로 이끌었다.

눈을 뜨니 물 벽 앞이었다. 여긴 어딘지 의아해하면서 주변을 둘러보는데 물 벽이 일렁거리더니 누군가를 보여줬다. 머리는 하얗게 세고 얼굴에는 주름이 가득한 할머니였다. 해원은 분명 수현 언니가 마지막이라고 했었다. 그러면 저 할머니에 대해서는 모른다는 뜻이었다. 자신이 가만히 있으면 해원과 헤어지지 않을 수 있었다. 한별은 저도 모르게 웃으면서 수면을 바라봤다.

지금까지 돌아다니며 몸으로 반복되는 하루를 겪는 것과는 달랐다. 영화를 보는 것처럼 할머니의 인생이 짧고 빠르게 흐르고 있었다. 할머니는 젊었을 때 집안에서 정해준 남자와 결혼을 하고 임신을 했다. 딸이었다. 첫아이가 딸이면 집안 대대로 재수가 없다는 집안 어른들의 지엄한 말씀이 칼처럼 찔렀지만, 딸아이는 정말 사랑스러웠다. 못마땅해하는 시어머니에게 아들을 얼른 낳겠다고 몇 번이고 다짐했다.

어느 날, 할머니는 시어머니에게 아기를 맡긴 채 시장에 갔다. 집으로 돌아오니 딸은 이미 죽어 있었다. 시어머니는 혼자 뒤집기를 하다가 숨이 막혀 죽었다고 했다. 아기를 방에 둔 채 밥을 하느라 몰랐다고 했다. 자신도 딸을 실수로 잃었지만 살다 보면 괜찮아진다고 위로했다. 실수와 실수가 대를 이어 내려온단 말인가? 떨리는 시어머니의 눈빛을 보며 아무 말도 할 수 없었다. 남편에게 토로할 수도 없었다. 할머니는 그것을 평생 가슴에 담아둔 채 하루하루를 살았다.

다시 임신을 하고 천지신명님께 아들을 점지해달라고 비는 젊은 시절 할머니의 눈동자에는 한이 가득했다. 마른 몸에 배만 볼록 튀어나온 모습은 위태로워 보였으나 시어머니는 이번에도 아들이 아니면 소박을 놓을 거라며 매섭게 쳐다봤다. 다행히 아들이었고, 할머니는 첫아들을 품에 안은 채 첫딸을 위해 울었다. 그 후로도 자식을 낳아 총 아들 셋과 딸 둘을 사랑으로 키웠다.

남편으로 만난 사람은 다정하고 착했다. 자식을 잃었을 때도 며느리에게 칠칠치 못하다고 혀를 차는 자신의 어머니를 말리고 슬픔에 잠긴 할머니를 위로했으며, 할머니가 아프면 버선발로 할머니를 둘러업고 병원으로 달려가 그 옆을 지켰다. 할아버지가 되어서도 변하지 않아 동네에서 소문난 잉꼬부부였다. 그러나 때때로 정말 첫아이를 보냈던 일에 대해 몰랐을까 중얼거리는 할머니의 얼굴은 서슬 퍼러면서도 서글펐다.

시간이 약이라고 했던가. 나이가 들수록 괜찮아지는 것 같았다. 인생을 살면서 즐거운 일도 슬픈 일도 있었지만, 할머니는 하루하루를 감사하게 여기며 사는 것 같았다. 그 자식들이 다 커서 자식들을 낳자, 눈에 넣어도 아프지 않을 내 새끼라며 어화둥둥 아껴주며 행복한 노년을 보내고 있었다. 누가 봐도 이제 손주들 재롱을 보면서 환하게 웃을 일만 남은 할머니 같은데…….

수면이 보여주는 화면이 순식간에 바뀌며 생활감이 묻어나는 작은 집을 보여줬다. 할머니는 아주 젊은 모습으로, 양팔을 다 펼치기도 전에 벽에 손이 닿을 것 같은 좁은 부엌에서 마늘을 까고 있었다. 부엌과 방을 구분하는 중문은 꽉 닫힌 채였다. 할머니는 마늘 때문인지 눈물과 콧물을 흘리고 있었다.

그때였다. 갑자기 할머니의 진한 후회가 밀려 들어왔다. 시어머니 말에 순종하지 말걸, 남편에게 따로 살자고 말해볼걸, 시어머니에게 아기를 맡기고 나가지 말걸…….
옷이 물에 젖듯이 서서히 젖어 드는 슬픔은 한별의 눈에 눈물이 고이게 했다. 한별이 눈물을 닦아내고 있는데 할머니가 마늘을 내팽개치고 방 안으로 들어갔다.

그러자 얼굴이 베개에 파묻힌 아기가 보였다. 할머니는 사색이 되어 재빨리 아기를 들어 품에 안았다. 아기는 그제야 으에엥 하며 작게 울음을 터뜨렸다. 얼마나 그러고 있었는지는 모르겠지만, 많이 힘들었는지 울음소리가 연약했다.

"미안해, 미안하다, 아가. 엄마가 왔어. 괜찮아. 이제 괜찮아……."

할머니는 눈물을 흘리면서도 아기를 달랬다. 마늘을 까던 손을 닦지 못해 차마 아기의 눈물을 닦아주거나 얼굴

이 망할 세계에서 우리는

을 매만질 수는 없었지만, 꼭 끌어안고 사과하고 괜찮다는 말을 반복했다. 아기도 할머니도 조금 진정된 다음에야 할머니는 손을 깨끗하게 닦고 배고픔에 칭얼거리는 아기에게 젖을 물렸다. 아기를 바라보는 할머니의 눈동자에는 사랑이 가득했다. 창문으로 들어오는 햇살 아래로 먼지들이 살랑거리는 봄바람에 몸을 맡겨 춤을 추고, 라디오에서는 봄노래가 경쾌하게 흘러나왔다.

할머니는 젖을 다 먹은 아기가 트림할 수 있도록 등을 토닥여줬다. 끅 하는 소리마저 못내 귀여운 듯, 할머니는 아기의 이마에 뽀뽀를 했다. 아기도 할머니가 좋은지 꺄꺄거리며 마주 웃었다.

"우리 딸, 산책 갈까? 오늘 날씨가 엄청 좋아."

아직도 많이 남은 마늘을 뒤로한 채, 할머니는 아기를 안고 집을 나섰다. 날이 정말 좋았다. 여기도 시간과 장소가 혼재되어 있는지, 집 바로 근처에 커다란 공원이 있었다. 아기는 한들거리는 꽃과 연두색 싹이 나는 나무를 보며 손짓을 했다. 할머니는 아기의 손짓을 따라 움직이며 같이 나무를 보고, 쪼그리고 앉아 들꽃의 여린 꽃잎을 만져보고, 참새에게 인사했다. 아기가 까르르 웃는 소리가 종소리처럼 공원에 울렸다. 그러자 웅크려 있던 꽃들이 만발했다. 한순간에 터진 봄이었다. 바람이 불자 꽃잎들이 눈처럼 흩날렸다.

엄마와 아기는 온몸으로 봄을 느끼며 사랑을 서로에게 표현하고 있었다. 영원하도록, 잊을 수 없도록.

"아가, 우리 아가. 온 세상이 우리 아가를 사랑하고 있어. 엄마는 그보다도 더 많이, 아주 많이 널 사랑한단다. 내 목숨보다 더 너를 사랑해."

영화 속에서나 보던 광경 속에서 엄마가 자식에게 주는 사랑이 무척이나 아름다웠다. 아기와 함께 얼마나 행복해하는지 보니까, 할머니가 무엇을 원하는지 절절하게 느껴졌다. 보내야만 했던 자식을 마음껏 사랑하고 싶은 엄마의 마음이란.

공원을 지나다니던 사람들도 방싯방싯 웃고 있는 아기를 보며 칭찬하지 못해 안달이었다.

"세상에, 아기가 너무 예뻐요! 인사해도 돼요?"

"그럼요."

"안녕, 아가야! 엄마를 쏙 빼닮았네. 앞으로 건강하게 잘 크렴!"

이 망할 세계에서 우리는

아기에게 반갑게 인사하는 사람도 있었고, 아기를 웃기려고 도리도리 잼잼을 하거나 우스꽝스러운 표정을 짓는 사람도 있었다. 아기에게 눈살을 찌푸리거나 무관심인 채 지나가는 사람이 없었다. 다들 아기를 사랑했다. 아기는 넘쳐흐르는 사랑 속에서 허공에 떨어지는 꽃잎을 잡고, 인사하는 사람의 안경을 잡고, 손가락을 잡으며 웃었다.

할머니와 아기는 행복한 산책을 하고 집으로 돌아왔다. 외출에 지친 아기는 졸린지 작은 입을 벌려 하품을 했다. 할머니는 그 모습을 사랑스럽게 보며 이마에 입을 맞췄다. 바닥에 내려놓고 재울 수도 있었는데, 품에서 내려놓기가 아쉬운지 한쪽 팔로 아기를 끌어안고 다른 손으로 아기의 가슴팍을 토닥였다.

"자장자장 우리 아가, 잘도 잔다 우리 아가, 꼬꼬닭아 울지 마라, 멍멍개야 짖지 마라……."

아기는 할머니의 자장가를 들으며 곤히 잠에 빠져들었다. 보고 있자니 한별마저 잠이 올 것 같은 평온한 분위기였다. 할머니는 그런 아기를 하염없이 바라보다가 이불 위에 아기를 내려놓고 방을 나갔다.

할머니는 문을 꼭꼭 닫고 라디오에서 나오는 노래를 따

라 부르며 산더미같이 쌓인 마늘을 까기 시작했다. 마늘을 까면서 소리도 내지 못한 채 흐느끼다가 아기에게 달려갔다. 얼굴이 베개에 파묻힌 아기를 들어 올리며 안도의 눈물을 흘리는 할머니의 모습은 처음 봤던 장면과 별다를 게 없었다.

행동이나 말이 조금씩 달랐으나 큰 틀은 똑같았다. 아기를 안고 울면서 달래고, 젖을 먹이고, 공원으로 가서 산책을 하고, 온 세상이 보내는 사랑을 아기가 느끼고, 집에 돌아와서 재우고, 다시 마늘을 까다가 아기를 구하고…….

잃을 뻔했던 자식을 구한 건 참으로 다행인 일이었으나 보면 볼수록 고통스러웠다. 할머니는 젊은 엄마에서 할머니가 될 때까지 가장 후회하고 되돌리고 싶어 하는 일을 드디어 바로잡았으나 여기는 진짜가 아니었다.

저 할머니가 자신의 엄마였다면 어땠을까. 한별은 어떤 어린 시절을 경험하고, 어떤 모습으로 자랐을까. 사랑받고 행복한 날들을 그리다가, 그러면 그 끝에 해원을 만날 수 없다는 걸 깨달았다. 모든 걸 다 체념하고 텅 빈 마음이었기 때문에, 아무것도 바라지 않고 그저 쉬고 싶었기 때문에, 꿈이 없었기 때문에 자신만의 공간이 만들어지지 않아 해원을 인지할 수 있던 것은 아닐까. 그래서 탄이도, 민성도, 수현 언니도, 이 할머니도 있어야 할 곳으로 돌려보낼 수 있는 게 아닐까.

자신에게 맞춰서, 자신이 원하는 대로 상대방이 말하고 행동하길 바라는 게 아니라, 상대방이 원하는 걸 위해 노력하는 게 사랑일 것이다. 아무리 슬프고 헤어지기 싫어도, 해원이 아주 오랫동안 바란 것을 이뤄줄 수 있다면 무척이나 기쁠 것이다.

한별은 물 벽을 향해 망설임 없이 걸었다. 물 벽은 한별을 튕겨내지 않고 아주 부드럽게 받아들였다. 도착한 곳은 할머니와 아기가 산책하던 공원이었다. 할머니와 아기가 없는 공원은 돌아다니는 사람도 없고, 날아가는 새도 없어 고요하고 쓸쓸했다.

할머니가 바라는 게 뚜렷했기 때문일까. 이곳에 있는 것들은 수현의 세계보다 더 또렷하고 색이 선명했다. 그 순간이었다. 갑자기 조명이 들어온 듯 나무가 초록빛으로 싱그럽게 빛나고 불어오는 바람에 맞춰 쏴아아 하는 소리를 냈다. 꽃들도 기지개를 켜는 것처럼 고개를 들었다. 사람들도 갑자기 나타나 공원을 걷거나 나무 아래에 앉아 휴식을 취하고 있었다.

모든 이의 신경이 집중되는 곳으로 시선을 돌리자 젊은 시절의 할머니와 아기가 있었다. 여자가 이건 초록색 나무, 이건 빨간색 꽃, 하며 아기가 관심을 보이는 것마다 짚어주며 알려주고 있었다.

여자와 아기는 행복하게만 보였는데, 여자 뒤에 있는 할머니는 눈물만 뚝뚝 흘리며 가슴팍을 두드리고 있었다. 퍽퍽 소리가 들릴 것처럼 크게 주먹을 휘둘러서 육체가 있었다면 시퍼렇게 멍이 들었을 게 분명했다. 영혼은 이곳이 돌이킬 수 없는 순간을 계속해서 돌이키는 가짜라는 걸 알고 있는 걸까. 그러면서도 할머니가 하염없이, 오로지 아기만 바라보고 있어서 슬프지만 행복한 걸지도 모른다는 생각이 들기도 했다. 타인이 당사자의 행복과 슬픔을 재단할 수는 없겠지만……

한별은 또래처럼 보이는 여자와 품속의 아기를 바라보다가, 순식간에 피어오르고 흩날리는 꽃비를 맞이했다. 물 벽 너머로 보던 것보다 더 아름다워서 눈물이 났다. 온몸을 흠뻑 적시는 꽃향기에 어지럽던 마음이 잔잔해졌다.

이 망할 세계에서 우리는

공원을 걷다가 아기를 발견하고 예뻐서 어쩔 줄 모르는 사람들이 모여서 아기에게 사랑을 전하고 있었다. 한별도 그 사이에 끼어 아기를 바라봤다.

아기는 살이 올라 포동포동했고 피부도 아주 뽀얗고 맑았다. 누가 봐도 정성스럽게 보살피고 넘치는 사랑을 받아 무럭무럭 자라는 아기처럼 보일 것이다. 한별은 할머니의 넘치는 사랑을 받는 아기의 얼굴을 보기 위해 가까이 다가갔다.

아기의 얼굴이 매우 선명했다. 가지런한 눈썹과 크고 맑은 눈동자, 마늘을 뒤집어놓은 것 같은 코와 오밀조밀한 붉은 입술, 손가락으로 눌러보고 싶은 볼까지 사랑스러웠다. 할머니를 무척이나 쏙 빼닮은 모습이었다. 오랜 시간 동안 얼마나 덧그리고 덧그렸으면 이렇게 선명한 걸까. 그 시간 동안 할머니는 얼마나 가슴이 아팠을까. 아기를 향한 할머니의 사랑에 목이 메는 느낌이었다.

"아기가……."

한별이 말을 걸자 여자가 고개를 들었다. 해코지, 미움, 경멸을 받을 거라는 생각이 전혀 없는, 맑고 밝은 얼굴이었다. 말하지 않아도 '우리 아기가 예뻐서 그러는 거죠?'

라는 듯이 환하게 웃고 있었다.

"아기가 정말 사랑스러워요."

"그렇죠? 정말, 제 아기지만 이렇게 예쁜 아기는 처음 봤어요."

여자가 아기를 보는 사이에 눈물을 닦았다. 한별이 옆에 앉자 여자는 아기를 더 자세히 보라는 듯 몸을 한별 쪽으로 기울였다. 여자 뒤에 있는 할머니의 시선은 여전히 아기에게 고정된 상태였다. 여자가 아기가 얼마나 순하고 착한지, 젖은 얼마나 잘 먹는지, 하품할 때 아앙 벌어지는 입이 얼마나 귀여운지, 잠투정도 하지 않고 잘 자서 얼마나 효녀 같은지 등을 자랑스럽게 말했다.

여자의 뒤로 비치는 할머니를 슬쩍 바라보는데 눈이 마주쳤다. 할머니가 한별을 똑바로 바라보고 있었다. 깜짝 놀라서 뒷걸음질 치자 할머니가 다가와 한별의 손을 잡고는 여자가 아기를 안듯 한별을 안아주었다. 순간 그간의 외로움과 서러움이 녹아내리는 것 같았다. 이곳은 분명 할머니가 원하는 세계일 텐데, 오히려 한별이 위로받고 있었다. 한별은 머리를 쓰다듬는 느릿하고 다정한 손길을 느끼며 천천히 눈을 깜빡였다.

이 망할 세계에서 우리는

"아가, 인생에는 슬픈 일도 있지만 기쁜 일도 있단다. 첫아이를 보내고도 목구멍으로 밥이 넘어가더라. 남편 덕분에 웃기도 하고. 그러다가 대화를 통해 남편이 정말 몰랐다는 것도 알게 되고, 그 집안과 인연을 끊을 수도 있었지. 남편이 얼마나 많이 날 아끼고 사랑해줬는지, 다음 생에서도 부부로 만나자고 약속할 정도였어."

할머니는 끊임없이 울던 모습은 온데간데없이 온화한 웃음을 짓고 있었다.

"여기서 용님 덕분에 원 없이 우리 딸을 사랑할 수 있었어. 진짜가 아니라는 사실이 사무칠 때면 용님이 오셔서 같이 식사를 하기도 했지. 아마 진작 환생해서 좋은 삶을 살고 있을 거라고 위로도 해주시고, 나에게도 얼른 윤회에 들라고 잔소리도 하시고, 너무 맵다고 반찬 투정도 하셨지. 그런데 이곳이 점점 무너지는 게 느껴져서 용님을 불렀는데, 아무리 불러도 오지 않으시더구나. 용님께 무슨 일이 생긴 게 분명한데 도무지 어찌할 방법이 없어서 계속 눈물로 하루를 지새웠단다."

"해원이 기억을 많이 잃어서 그랬을 거예요. 이 세계에 금이 가서 깨지려고 해서, 제가 이곳에 남은 이들을 있어야 할 곳으로 돌려보내는 걸 도와드리고 있었어요."

"너는…… 용님의 이름을 아는구나. 이름도 부르고……."

"혹시 부르면 안 됐던 걸까요?"

"아니, 아니야. 아주 다정히 부르는 걸 들으니 안심이 돼. 용님께 네가 있어 정말 다행이야."

어디서 내리쬐는지 알 수 없는 빛들이 사방에서 보글거리는 물방울을 통과하며 산란했다. 너무 반짝거려서 할머니의 얼굴이 제대로 보이지 않을 정도였다. 그러나 눈이 부시지는 않아서 달을 바라보듯 할머니를 바라봤다. 세상이 천천히 흘러내리고 있어도 오로지 할머니만 눈에 들어왔다.

흐르는 물 사이로 해원이 나타났다. 늘 차분한 인상이었는데 하얗게 질린 채 할머니를 불렀다.

"옥남! 내가 너를…… 너를 완전히 잊고 있었다니……."

"이 아이가 절 찾아냈으니 다행이지요."

"하마터면 너를 이곳에 둔 채 세계를 닫을 뻔했어."

"용님, 저는 괜찮아요. 그러니 진정하세요."

이 망할 세계에서 우리는

"악의에 뒤덮인 채 고통받다가 소멸될 수도 있었단 말이다!"

그러자 할머니가 천천히 해원에게 다가가더니 해원을 끌어안고는, 아기를 재울 때처럼 토닥토닥 일정한 박자로 등을 두드렸다.

"괜찮아요, 괜찮아……."

할머니는 용인 해원을 아이처럼 다독였다. 마른 나뭇가지처럼 가만히 서 있기만 하던 해원이 손을 올려 할머니의 등을 끌어안았다. 잔뜩 주름진 옷자락을 통해 해원이 할머니를 얼마나 강하게 끌어안고 있는지 알 수 있었다.

"용님, 저는 용님 덕분에 행복했어요. 그동안 정말 감사했습니다. 시간이 조금만 더 있었다면 용님께 맛있는 음식을 대접했을 텐데, 그게 아쉬워요. 그래도 저 말고 저 아이가 있으니 안심했습니다."

"옥남……."

"아가, 용님을 부탁하마."

"쓸데없는 소리."

눈을 감았다 뜨자 푸른 용이 손 안에 할머니를 소중히 담는 게 보였다. 작은 체구의 할머니와, 그런 할머니와 비교할 수 없을 만큼 거대한 용의 모습이 다정한 모녀처럼 보였다. 사랑은, 가족은, 피가 흐르지 않아도, 서로의 모습이 달라도 마음이 통한다면 이뤄지는 것이었다.

"이제 이곳은 사라질 테니 내 공간으로 어서 가."

해원의 말을 듣고 자리에서 일어나 세계의 끝으로 걸어 갔다. 그러면서도 점점 물 위로 올라가는 할머니와 해원을 계속 되돌아봤다. 할머니는 고개를 한껏 치켜들고 해원을 향해 연신 무언가를 말하고 있었다. 해원도 지금까지와는 달리 고개를 살짝 숙인 채 할머니의 말에 귀 기울이는 것 같았다. 그 모습이 너무 슬프고 아름다워서 눈물이 뚝뚝 흘렀고, 그 눈물방울은 떠오르며 물로 변하는 이 세계와 뒤섞이고 있었다.

할머니가 행복하기를, 해원이 너무 슬퍼하지 않기를, 한별은 간절히 바라며 걷고, 뛰다가 점점 차오르는 물속을 헤엄쳐 물 벽을 지나 해원의 공간에 도착했다.

아득한 빛 사이로 부슬부슬 검은 비가 내리고 있었다. 손을 펼치자 떨어진 빗방울이 손을 검게 물들이고 있었다. 피할 길이 없어 멀거니 서 있는데 어느샌가 해원이 옆에 서 있었다.

이 망할 세계에서 우리는

"옥남을 찾아줘서 고맙다."

"제가 돕겠다고 했잖아요."

"비를 막아주고 싶은데 너를 돌려보내려면 힘을 아껴야 해서……. 그래도 정화까지 해서 보내줄 테니 걱정 마라. 소원은 내 존재를 걸고 맹세를 했으니 이루어줄 수 있다."

한별이 살며시 옆에 있는 해원의 손을 잡았다. 해원은 손을 빼려다가 숨을 크게 내쉬며 어깨에 힘을 풀고 한별의 손을 맞잡았다.

"이제 이곳에 남은 영혼은 없으니, 곧 세계가 붕괴할 거야. 그러니 어서 소원을 말해."

"해원은 이제 어떻게 되는 거죠?"

"같이, 붕괴하겠지."

마지막이라고 생각해서인지 이제 의무라고 하지도 않았다. 덤덤한 말투와 달리 한별의 손을 빈틈없이 꽉 잡고 있었다. 해원이 진짜 바라는 게 무엇이냐고 물어보면, 솔직하게 답해줄까? 빗방울이 더 거세지며 해원의 속눈썹 위로 맺혔고, 해원이 눈을 깜빡이자 볼을 타고 흘러내렸다. 한별은 그것이 해원의 눈물인 것처럼 손가락으로 살며시 닦아주었다.

"시간이 많이 남지 않았어."

"해원을 더 많이 알고 싶어요."

"뭐?"

"디저트 말고 좋아하는 음식이 뭔지, 뭘 먹고 반찬 투정을 한 건지, 파란색 말고 다른 색도 잘 어울리는지, 신나는 댄스곡을 들으면 어떤 표정일지, 해원이 부르는 노래는 어떨지, 펑펑 내리는 눈을 보며 무슨 생각을 할지, 꿈도 꾸지 않고 깊게 잠자는 얼굴은 어떨지 다 궁금해요."

해원은 입을 꾹 다물었다. 마음속에 있던 말이 튀어나오지 않도록 자제하는 것처럼 보였다. 마지막이니까 솔직해지면 좋을 텐데, 해원의 벽은 단단했다.

"부자로 만들어달라고 할까, 가족에게 사랑받게 해달라고 할까, 나를 미워하는 사람이 없게 해달라고 할까 고민했는데, 괜찮아요."

"죽을 때까지 일하지 않아도 될 만큼 부자로 만들어줄 수도, 가족과 친척 등 같은 피가 흐르는 자들에게 지극히 아낌을 받게 해줄 수도, 처음 보는 사람에게 손쉽게 호감을 얻게 할 수도 있다."

이 망할 세계에서 우리는

해원의 머릿속에는 '물 밖의 삶'이라는 선택지 자체가 없는 것 같았다.

"그런 것들은 이제 다 필요 없어요. 내가 알아서 할 수 있어요."

"우선 올라가자. 올라가면서 말해."

해원의 공간이 부서지며 어디선가 일렁거리는 빛이 새어 들어오고 있었다. 해원이 용으로 변해 손 안에 한별을 조심스레 올리고 날아올랐다. 한별이 손가락 사이로 얼굴을 내밀자, 떨어질까 불안했는지 해원이 손을 더 오므렸다. 검은 빗방울이 해원을 적셔서 아름다운 푸른빛이 흐려지고 있었다.

"곧 바깥이야. 한별, 이제 마지막이야. 너를 위한 소원을 빌어, 제발……."

해원의 목소리에는 애원이 담겨 있었다. 절을 하며 부탁을 할 때도 고고하고 우아했던 용이 '제발'이라고 말하고 있었다.

"내 소원은……."

해원의 손바닥에서 진동이 느껴지며 물속 세계에서 물 밖 세계로 이동하고 있다는 걸 알 수 있었다. 이제 정말

마지막이었다. 한별은 두 손으로 해원의 손가락을 어루만
졌다.

"내 소원은 해원이 행복해지는 거예요."

용의 의무를 다하는 게 해원의 행복이라면, 평생을 후
회할지라도 그것 또한 한별의 소원이리라. 해원이 어떤
마음으로 살아오고 버텨냈는지 아주 조금은 이해했기에.

한별의 말이 끝나자마자 거대하고 단단한 무언가를 지
나는 느낌이 들었다. 온몸에 전해지는 압박감에 해원의
손가락을 강하게 끌어안을 뿐이었다. 기절인지 잠드는 것
인지 모를 그 순간까지도 놓지 않았다. 정말 마지막이라
는 걸 느낀 걸까. 혼몽한 정신에 끝끝내 하지 않으려 했던
말이 흘러나왔다.

"좋아해요……."

눈을 뜨니 천장이 보였다. 벌떡 일어나 주위를 살펴보
니 한별이 예약한 숙소였다. 휴대폰으로 날짜를 보니 호
수를 본 다음 날인 걸 알 수 있었다. 그냥 꿈을 꾼 걸까?
연락 온 게 있나 살펴봤지만, 아무것도 없었다. 힘이 빠졌
다. 집에 돌아가지 않고 이곳에서 사는 건 어떨까.

이 망할 세계에서 우리는

충동적으로 당근마켓을 열어 이 지역 원룸을 검색해보려 했는데 익숙한 얼굴이 보였다. 탄이였다. 주인을 찾는다는 게시글 속에서 탄이가 울상을 짓고 있었다. 한별은 서둘러 짐을 챙기며 자신의 개인 것 같다며 작성자에게 연락했다. 작성자의 답을 기다리는 사이 민성이 알려준 휴대폰 번호를 입력했다.

―안녕, 나 누군지 기억해? 두 번째 기회를 얻은 사람인데.

빠르게 답이 왔다. 작성자에게도, 민성에게서도.

그러니까 해원이 무슨 선택을 하든, 행복해지길 바랐다. 한별 자신도, 행복해질 테니까.

학교는 자퇴했다. 교수님께 이런 소문이 돌고 있으며, 자신은 부끄럼 없이 행동했으나 자기가 믿고 싶은 것만 믿는 사람들 속에 있고 싶지 않다고 조심스럽게 말씀드렸다. 교수님은 한별의 상황을 이해했고, 어딜 가든 잘 지내라는 덕담도 해주셨다.

집도 나오기로 했다. 어차피 탄이와 함께 있으려면 집을 나와야만 했으니 아쉽지는 않았다. 집을 구할 때까지 민성이 탄이를 돌봐준다고 해서 다행이었다. 보증금과 생활비, 탄이를 위한 돈이 얼마나 필요할지 계산하며 계좌를 확인했을 때 너무나도 많은 돈이 있어서 놀라고 말았다. 몇 번을 다시 로그인해도 숫자는 변하지 않았다. 계좌를 클릭해 해원이라는 입금자명을 본 순간 눈물이 흘러나왔다. 이것이 해원의 선택이라면, 이것이 해원의 행복이라면 받아들이겠다는 생각을 했는데도 눈물이 멈추지 않았다. 방 안에서 숨죽여 울다가 해원의 마지막 흔적을 의미 있게 쓰고 싶다고 생각했다.

한별은 물속 세계에서 만난 존재들을 생각하며, 자신에게 필요한 약간의 돈을 제외한 나머지를 해원의 이름으로 기부했다. 버림받은 동물들부터 각종 폭력에 시달리고 괴로워하는 사람들 모두 해원의 도움을 받아 조금 더 나아가길 바라면서. 한별은 해원 덕분에 앞으로 나아가고 있으므로.

용을 기억하지 못하는 세계가 무섭다고 하는 해원을, 그럼에도 불구하고 있어야 할 곳으로 영혼을 돌려보내기 위해 물속 세계의 붕괴를 필사적으로 막고 있던 해원을 세계가 기억해주면 좋겠다. 해원이 외롭지 않도록, 쓸쓸하지 않도록 많은 사람이 해원 덕분에 행복했으면 좋겠다.

기부를 마친 뒤, 한별은 부모님께 이미 자퇴를 했으며 독립하겠다고 말했다. 그러자 날아오는 건 따귀였다. 이럴 거면 왜 비싼 돈 들여 대학교에 간 거냐며 길길이 날뛰며 날선 비난을 했다. 차라리 일찍 결혼이나 하든가 아니면 당장 그 돈을 토해내라는 아빠를 뚫어지게 바라보고, 허둥지둥 아빠를 말리며 당장 잘못했다고 빌라고 눈짓하는 엄마를 바라보다가 바로 집을 나왔다.

얼굴은 아팠지만 마음은 후련했다. 가족에게 사랑받고 싶다는 소원이나 한별을 미워하는 사람이 없게 해달라는 소원을 빌지 않아 다행이었다. 소원을 간절히 빌어야만 이루어지는 사랑이라면, 이제는 사양이었다. 한별은 이제 스스로 원하는 삶을 살기 시작했으니까.

다행히 민성이 자신을 도와준 고마운 사람이라며 민성의 부모님께 말해준 덕분에 두 분의 도움을 받게 되었다. 집을 구하기 전까지 며칠 신세질 수 있었고, 깨끗한 집도 저렴하게 빌릴 수 있었다. 민성의 검정고시 공부를 봐주며 과외비까지 받을 수 있으니 정말 감사한 일이었다.

수능을 다시 봐 대학교에 바로 갈까 했지만, 당분간은

찬찬히 하고 싶은 걸 찾아보기로 했다. 과외에 민성의 부모님이 주선해준 아르바이트도 하고 있으니 이것저것 배울 여유가 있었다. 제과제빵학원을 다니면서 빵과 쿠키를 만들기도 하고, 수채화나 캘리그라피를 원데이 클래스로 경험해봤다. 아침 일찍 도서관에 가서 공부와 상관없는 책을 마구잡이로 읽고, 아무 계획 없이 영화관에 가서 제일 빨리 볼 수 있는 영화를 보기도 했다.

어떤 날은 카페 사장, 또 다른 날에는 소방관이 된 자신을 상상하기도 했다. 선생님, 의사, 화가, 가수 등……. 초등학생도 아니고 매일 꿈이 달라지는 스스로가 웃겼다. 이렇게 꿈꿀 수 있는 게 다 해원 덕분이라는 생각에 고마웠고, 해원도 이렇게 꿈꿀 수 있으면 얼마나 좋을까 싶은 생각이 들 때면 조금 울기도 했다.

"해원 보고 싶다. 그치, 탄이야?"

한별이 해원을 그리워하는 걸 아는지 탄이가 낑낑거리며 한별의 품에 들어왔다. 품안 가득 들어오는 탄이를 끌어안자 이제는 익숙해진 온기에서 오는 위안으로 마음이 말랑해졌다. 그걸 탄이도 느꼈는지 금세 꼬리를 흔들며 한별의 얼굴을 핥았다. 탄이는 가끔씩 말썽을 부린 후 버림받을까 우울해했으나, 한별의 지속적인 사랑을 받으며 물속 세계에서 봤던 그 눈빛 그대로 한별을 바라봐주어 웃음 짓게 했다. 해원을 같이 떠올릴 수 있는 존재가 있어서 다행이었다.

무섭고 힘든 일이 있을 때마다 해원이 생각날 것이다. 그러면 지금이 해원이 준 두 번째 기회라는 걸 떠올리며 잘할 수 있다는 용기가 샘솟겠지. 그러니까 괜찮았다. 앞으로도 괜찮을 것이다.

한별은 공원 벤치에 앉아 텀블러에 담아온 커피를 마시며 쉬고 있었다. 내일 시험 끝나고 같이 떡볶이 먹자는 민성의 연락에 답을 하고 주위를 둘러보자, 날씨가 좋아서 강아지를 데리고 산책 나온 사람이 많았다. 그러다가 탄이에게 호기심이 생긴 작은 강아지가 앙앙거리며 다가왔다.

"안녕하세요! 강아지랑 인사해도 될까요? 강아지 이름이 뭐예요? 얘는 구름이에요."

"안녕하세요. 탄이고, 인사해도 괜찮아요. 구름이는 작은데 용기 있네요."

"집에서 탄이만 한 강아지랑 같이 지내다 보니까 자기

도 큰 줄 아나 봐요. 큰 강아지한테만 관심 보인다니까요."

탄이와 구름이는 킁킁거리면서 서로 인사하고 있었다. 덩달아 탄이의 주인인 한별과 구름이의 주인인 예지도 서로 인사를 하다가 전화번호까지 교환했다. 산책 시간이 맞으면 또 보자고 인사하고 헤어졌는데, 구름이가 걷기 싫다고 버티는지 몇 번 줄을 잡아당기다가 한숨을 쉬며 끌어안는 예지의 뒷모습을 보면서 한별은 웃음이 나왔다.

"해원이 탄이 데리고 가던 모습이 생각나네."

쪼그려 앉아서 탄이를 끌어안자 탄이가 꼬리를 마구 흔들었다. 손가락을 세워 양손으로 박박 긁어주고 있는데 빗방울이 떨어졌다. 비가 온다는 말은 없었는데 소나기가 내릴 모양이었다. 어제 목욕 시켰는데 오늘 또 할 수는 없었다. 비를 피하기 위해 얼른 집으로 가려고 탄이의 목줄을 잡아당기는데 탄이가 꼼짝하지 않았다.

"비 더 많이 오기 전에 얼른 피하자. 움직여봐, 응?"

무릎만 안 꿇었지 거의 빌고 있는데 갑자기 비가 더 거세졌다.

탄이는 좋다고 웃으면서 꼬리를 흔들고 있었다. 이게

개야, 물개야…….

"놀아라, 놀아. 목욕 한 번 더 시키지 뭐. 내가 몸살 걸리면 다 네 탓이야."

어이없어서 웃고 있는데 뒤에서 목소리가 들렸다.

"몸살? 어디 아픈 건가? 분명 내게 남은 모든 힘을 담아 네 건강과 행복을 바랐는데……."

익숙한 목소리에 뒤를 돌았는데, 비가 너무 거센 탓에 앞이 제대로 보이지 않았다. 환청인 걸까? 빗소리 때문에 헛것을 듣는 건가? 가만히 서 있는데 탄이가 앞으로 뛰어가서 누군가의 주변을 빙글빙글 돌았다. 탄이를 잡기 위해 한 걸음 내딛는 순간 미끄러지고 말았다. 그러자 익숙한 손길이 한별을 단단하게 지지했다. 한별은 망설임 없이 그 손의 주인을 끌어안았다. 흙과 풀 냄새가 뒤섞인 향 사이로 청량한 물 내음을 맡으니 목이 메어와 아무 말도 할 수 없었다. 그래도 괜찮았다.

흔들리고 망설이더라도 앞으로 나아가고 있으니까.

이 망할 세계에서 우리는, 행복해질 테니까.

작가의 말

안녕하세요, 김청귤입니다.

삶이 너무 어려워서 죽음을 생각하는 이들에게, 평생의 한이 된 과거의 일을 곱씹고 곱씹는 이들에게 두 번째 기회가 있다면 어떨까 생각하며 써봤습니다. 두 번째 기회가 있더라도 현실은 여전히 차갑고 힘들 수 있습니다. 달라지는 게 없는 것처럼 보일 수도 있습니다. 돈만 있으면 행복할 것 같다는 생각을 하며 좌절할 수도 있습니다.

저는 '그럼에도 불구하고'라는 말을 좋아합니다. 제가 작가의 말 마지막에 늘 '가끔은 힘들고 지칠 때가 있겠지만, 그보다 더 많이 즐겁고 행복하시길 바라겠습니다.'라는 말을 적는 것도 이런 이유에서입니다. 저 또한 이런저런 일들이 있었지만, 그럼에도 불구하고 다시는 쓰지 못할 거라 생각했던 소설을 쓰고 이렇게 책으로 여러분을 만나고 있습니다.

그러니까…… 그럼에도 불구하고, 자기 자신을 너무 책망하고 몰아붙이지 않기를, 슬픔을 딛고 행복하기를, 희망이 있다는 걸 기억하기를, 사랑하고, 사랑하기를 바랍니다. 이 망할 세계에서 흔들리고 망설이고 뒷걸음질 칠지라도, 나아갈 수 있다는 걸, 노래하고 춤출 수 있고, 하늘을 보며 산책할 수 있고, 즐겁게 게임을 할 수 있고, 맛있는 걸 먹으며 웃을 수 있고, 행복하고, 사랑할 수 있다는 걸 꼭, 꼭 기억하면 좋겠습니다. 우리는 사랑할 시간도 부족하잖아요.

무엇보다 이 책을 읽은 모든 분께 감사드립니다. 가끔은 힘들고 지칠 때가 있겠지만, 그보다 더 많이 즐겁고 행복하시길 바라겠습니다.

감사합니다.

이 망할 세계에서 우리는

초판 1쇄 발행 2025년 3월 25일
초판 2쇄 발행 2025년 4월 17일

지은이 김청귤
펴낸이 이수철
주 간 하지순
편 집 송규인
디자인 박예진
영업관리 최후신
콘텐츠개발 전강산, 최진영, 하영주
영상콘텐츠기획 김남규
관 리 진호, 황정빈, 전수연

펴낸곳 나무옆의자
출판등록 제396-2013-000037호
주소 (10449) 경기도 고양시 일산동구 호수로 358-39 동문타워1차 703호
전화 02) 790-6630 팩스 02) 718-5752
전자우편 namubench9@naver.com
인스타그램 @namu_bench

ISBN 979-11-6157-218-5 03810